続・風紋の日々

前田達明

成文堂

本書を

十倉 孝臣氏
磯田 光男氏
前田 圭巌氏

に贈る

はしがき ――続編への言い分け

「風紋の日々」（以下、前書）を出させていただいて、早十年近く、平成も終り、代替りとなった。前書は誠に空虚な内容で、読者諸賢に申し訳なく、このような本は、もう二度と出すまいと考えていた。ただ、お読みいただいた方の中には〝次回は落語論を楽しみにしていますよ〟といったお言葉をいただいたりして、少しは、日頃、厳しい研究と教育に追われている方々のお慰めになったかとホッとしたりしていた。そして、近時（二〇一八年）、東京国立博物館で「デュシャンと日本美術」展が開催され、デュシャンの「作品」に並べて利休の〝竹の花生（「園城寺」）〟が展示されていることを知った。それは、正に私と似たコンセプトである（前書七七頁）と喜び、さらに、最近（二〇一九年）、テレビを見ていたら、中国の考古学者が邪馬台国は最初九州にあったが、後に畿内に移動したと主張していたので、我が意を得たり（前書一五九頁）とほくそ笑んだ次第であり、私の感性も捨てたものではないと〝思い上がり〟、また、老い先短くなると、自分史を書き残し、生きた証しをという思いが募った。そこで、心変わりして、続編を出そうと厚顔しくも決意した次第である。

本書も前書と同じく四部構成とした。

第一部は、前書と同じく「趣味悠々」と題し、内容も同じ趣旨のものを収録した。加えて、以前、慣れ親しんだ幾つかの寺院と共に京都の主な道路周辺の名所を紹介させていただいた。

第二部も、前書と同じく「法の諸々」と題して法学関係の小稿と書評を収録した。なお、「反制定法的解釈について」と「証明責任論争」は近時の私の二大研究テーマである。すなわち、憲法第七六条第三項は、裁判官が裁判を行なうときは「憲法及び法律」に「拘束される」と定めている。この規定には、実体法的意義と手続法的意義がある。前者は裁判の「内容」であるが、後者は次の如くである。それは、裁判手続自体も当然に法的根拠が必要であるということである(殆どは民事訴訟法に規定がある)。ところで、裁判とはいわゆる〝裁判三段論法〟に従って「結論として法律効果の発生不発生を認定するものである。そして、その「大前提」は適用すべき法の存否を認定するものであり、それが〝法解釈〟である。さらに、その「小前提」は適用すべき法の求める要件に該当する具体的事実(要件事実)の存否を認定するものである。ということは〝法解釈〟方法も〝事実認定〟方法も法的根拠が必要である、という論理必然の考えが基礎となっている。本書では両者共に加筆訂正を行なった。これについては、二本松利忠先生、橋本昇二先生に多大の御助力を賜った。

第三部は、「徒然の草々」と題して、発句と雑文を収録した。

前者は、こうである。俳句の撰者をしておられる畏友奥山興悦氏から〝才能あり〟と評していただき―勿論「お世辞」であるが、それを勝手に「真」と解釈して―、その後も続けてきた中から、幾つかを収録した。しかし、所詮〝凡人〟（〝才能ナシ〟）の故に「月並句」ばかりである。なお、それぞれの句に籠めた（想い）を付記した。

後者は〝終活中〟にファイル・ボックスから出てきた作文である。

中学一年生のとき、国語を教えていただいた神谷完先生（元同志社大学教授。神秘主義研究者）から「雨」という題で作文を書くように宿題を出され、拙い内容のものを提出した。妙に、それが心に残り、長じて後、もう一度作文し、それを先生に再提出しようとしたものであるが、先生に読んでいただくこともなく仕舞い忘れていて、見付けたときは既に先生は他界しておられた。ここに収録して、先生のご霊前に恐る恐る捧げる次第である。

次に中学二年生のとき、国語を教えていただいた門脇卓爾先生（元学習院大学教授。カント哲学者）から、自由題で詩を作るように宿題を出された。講評の折に、先生から「二年生全員の中で『恋』の詩が一遍もなかった」といわれ、当時、既に「若菜集」を読んで心悸かしていたのに、自らは詠めなかったのを口惜しく思った。長じて改めて詠んで、先生に再提出しようとしたものであるが、これも忘れて仕舞い込み、遂に先生に再提出することなく時を過し、見付けたときは、先生も他界されていた。そこで、ここに収録して先生のご霊前に恐る恐る捧げる次第である。

第四部は、前書と同じく「信仰の折々」と題して、「光明会」の月刊誌「光明」に掲載させていただいた拙稿を収録した。拙稿収集については田中栄順上人の御尽力を賜った。

前書同様、本書のような販路のない書を刊行していただいた成文堂社長阿部成一氏、編集に多大の御尽力をいただいた飯村晃弘氏に心からお礼を申し上げる次第である。

さらに、原田剛先生には本書の刊行にあたり、様々多大なご助力を賜った。ここに記して心からの謝意を表すものである。

最後に、本書を敬愛する三人の方々に贈る次第である。

二〇一九年四月八日

京都下鴨寓居にて

前田達明

「続・風紋の日々」目次

第一部　趣味遊々

第四部　信仰の折々

第一部　趣味悠々

利休とデュシャン

昔は、東京で素晴しい展覧会があると聞けば、新幹線を乗り継いで、上野へ行ったものである。しかし、年老いて、体力も気力も失せて、京都の博物館、美術館、劇場、音楽ホールへも行かなくなった。専ら、家でテレビ（勿論、4K、8Kでない）を見て暮らしている。有り難いことに、テレビでも「日曜美術館」をはじめ多くの美術、芸術番組が放映される。以前、本物を観ていた御蔭で、テレビ画面だけでも、その雰囲気を知ることが出来る。そんな中、先日、「ぶらぶら美術・博物館」を観ていたら、東博で「デュシャンと日本美術」展が開催されていることを知った。そして、そこでは、利休（一五二二～一五九一）の竹の花生け「園城寺」が展示されていた。これは、秀吉（一五三七～一五九八）が小田原攻撃の時、利休も参陣し、近くの竹藪に入って適当な竹を切り出して〝即席〟で創ったものらしい。利休以前の茶席では、中国や朝鮮から伝来した青磁の花生けや天目茶碗など高価な品が飾られてきた。しかし、利休は「園城寺」をはじめ日本製の楽茶椀などを用いて「美」の新しい主張をした。すなわち、〝なんということのない物に隠れた美を見出す〟ということである。例えば、楽茶碗の形は、殆どの場合、〝いびつ〟であり、色も青磁や天目茶碗のように、一目で〝美しい〟と解かるような「黒」や「赤」ではない。我々見者は、そこに〝隠された〟美を探し出すのである。利休は〝茶道の大成者〟であるよりも〝美の革命家〟である（その意味で古田織部（一五四四〜一六一五）は正に利休第一の弟子であろう）、と私は考えている。他方、デュシャン（一八八七〜一九六八）は「泉」（便器）を展示して、それまで誰も〝美〟の対象とは考えもしなかった〝盲点〟を突いた。彼も、また、〝美の革命家〟と呼んでよいであろう。しかし、事態は、事程左様に、単純ではない。

利休は堺の商人ではあったが、大して裕福でもなく、高価な舶来の名品を買う余裕がないので、今井宗久（一五二〇〜一五九三）らに見せてもらって勉強したとのことである。このコンプレックスが「侘茶」の完成者の原動力となったのであろう。さらに、〝なんでもない品〟を〝目利き〟して高価に売り捌いて多大の利益を上げていた。このことによって、秀吉をして「売僧の頂上」と怒らせ、切腹の原因の一つになったといわれている。「売僧（マイス）」とは、広辞苑によれば〝物売りをする僧をさげすんだ言葉〟で、日葡辞書（「織豊期の日本語」辞典）によれば「人をたらす者、人をだます者、あるいは詐欺師」（土井忠生ほか編訳『邦訳日葡辞書』（一九八〇年、岩波書店）三八〇頁」）とある。なお、利休は、天皇にお茶を献上するために宮中へ参内する必要があり、無位無官の彼は、大徳寺から「僧」の身分を得ていた（僧は無位無官でも参内を許された）。

他方、デュシャンも〝「泉」は素晴らしい機能美をもっているでしょ！〟と「裸の王様」を〝仕掛け〟たのかもしれない。

そこで、私の結論は次の如くである。誰がなんと云おうと、自分が美しいと思えば、それが美である、すなわち、「美」は「絶対的主観」である（前書七七頁）。

先の展覧会に一言。利休は、ルソン（中国製品？）の日用雑器（利休が作ったのではない）である土壺を大名達に〝茶壺〟として高値で売り付けていた。その壺は現存している。だから、日用雑器（デュシャンが作ったのではない）であるデュシャンの「泉」と共に、この「茶壺」を展示した方が、より、その趣旨に合うのではないだろうか？

ところで、天下の〝名物〟中の〝名物〟といえば、それは曜変天目であろう。〝世界に三つしかない〟といわれている〝珍品〟である。すなわち、静嘉堂文庫（東京）の〝稲葉天目〟、藤田美術館（大阪）のもの、そして大徳寺龍光院（京都）のものである。そもそも、南宋の建窯でつくられたのに中国にはないのは不思議である。そこで、藤田美術館の学芸員に問うたことがある。「南宗では〝黒〟の天目を作ろうとしたところ、たまたま曜変が表れ、失敗作として割っているところへ、輸出業者がやって来て、日本では変わった奴が多いから〝名品〟だといって売り付けようと日本へ三つ持ってきたが、宋では失敗作と解っているので残っていない、とは考えられませんか？」と。学芸員は「その可能性はありますね」と笑っていた。そこで、私は、この説を採用していたが、二〇〇九年に、南宋の宮廷跡地から破片が発覚されたために、この説は否定されたらしい。

しかし、私は次のように考えている。皇太后（姑）が、〝嫌がらせ〟で皇后（嫁）に「珍しい茶碗が見付かったので送ります」と与えたので皇居に存在した（しかし、皇后は密かに割った）という推測である。ところで、「稲葉天目」の内側を見ると、茶筅の跡が一杯残っている。今は国宝だから使うことなど〝以ての外〟であるが、これで、濃茶を立てて、末客が、ぐっと飲み干し、内側に妖しい曜変の輝きを見たときの感覚を味わいたいものである。

ちなみに、テレビで有名な鑑定家が、出された茶碗を〝曜変天目〟と鑑定して物議を醸したことがあったが、真偽は別として、テレビで見る限り〝美しい〟とは感じなかった。

映画ベストテン

少年時代は、実に数多くの映画を観た。それは、もう〝中毒〟といっても良い位であった。理由は二つである。まず、戦後（一九四五年）から昭和三〇年代（一九五〇年代後半）は、まだ「テレビ」は普及せず、映画が大衆娯楽の最たるものであった。私の住んでいた京都の「西陣」にも、「千本日活」、「昭和館」、「千中劇場」、「千船座」など映画館が立ち並んでいた。また、繁華街（河原町通や新京極）には「京劇」、「朝日会館」、「松竹座」、「公楽会館」など多数の有名な映画館が目白押しであった（今は、殆ど無くなって、スーパー・マーケットに〝変身〟している）。運動の得意でない病弱な少年が、〝夢〟のような華麗な世界に耽溺したのは、当然のことである。もう一つの理由は、こうである。通っていた中学校高等学校はカトリックのミッション・スクールで、当時は校則の厳しさで知られていた（創立期であるから、それが一つの〝売り〟でもあった）。そして「カトリック生活」という雑誌があって、その裏表紙に〝観て良い映画〟から〝観てはいけない映画〟まで

〝一覧表〟が載っていた（確かA、B、C、Dランクになっていた）。

そして、映画を観に行きたいときは、訓育主任の神父様に許可を貰う必要があった。当然、許可は右の一覧表の〝上位〟にある映画に限られた。しかし、観たい映画は〝下位〟のものが多い。〝観てはいけない〟と云われると、〝観たくなる〟のが人情である。しかも、反抗期で多感な少年期である。とにかく「許可」を得るのに苦労した。思い出すのは、中学生時代に、歌右衛門の「京鹿子娘道成寺」を観たいと願い出たところ、一覧表には、勿論なく、外国人の神父様には〝チンプンカンプン〟であったところ、中村伝先生が〝これは日本の伝統芸能の映画である〟と助言してくださり「許可」が下りた。高校生時代に、願い出た映画が良くないランクで、訓育主任のデモンティニー神父様が渋っておられたので、〝悪いところは目をつぶって観ませんから〟と申し上げたところ、ニヤッと笑ってウィンクして「許可」を下さった。〝粋〟な神父様であった。その映画は何処が悪いのか解らず（!?）、結局、全部観てしまった。

ところで、幸いなことに（!?）私は、大体、日曜日は奈良の祖父母の家へ遊びに帰っていたので、〝奈良までは監督の目も行き届くまい〟とばかりに映画館に入り浸っていた。当時は二本立、三本立は、ざらであって、四本立などというのもあったから、本数だけは実に多く見られた。

少年時代に形成された〝映画好き〟という性格は、大人になっても変わらず、今日に至るまで雑多に観ている。そのような中から独断と偏見で勝手にベストテンを選んでみた。

第一位は「風と共に去りぬ」（一九三九。ヴィクター・フレミング監督）

南北戦争に巻き込まれた男と女の物語。クラーク・ゲーブル（一九〇一〜一九六〇）は、ハリウッドで〝キング（王）〟と呼ばれた唯一の男で、レストランに彼が入って来ると、ゲーリー・クーパー（一九〇一〜一九六一）でさえ、席で立って会釈した、というエピソードがある。原作者のマーガレット・ミッチェル（一九〇〇〜一九四九）は、主演男優はクラーク・ゲーブルをイメージして書いたとのことで、これはすんなり決まったが、主演女優が決まらなかった。そこで、未定のまま撮影に入ったところ（火事の中を逃げて行くシーンとのこと）、ヴィヴィアン・リー（一九一三〜一九六七）が、偶々、この映画の撮影を見学に来ていたところを、プロデユーサーのD・O・セルズニック（一九〇二〜一九六五）に見出されて、主役に抜擢された、というエピソードが有名である。もっとも、いささか〝出来過ぎ〟で宣伝効果を狙った〝フェイク・ニュース〟ではないかと考えている。そんなことは措いておいて、両優がドンピシャリの〝はまり役〟であり、戦争あり、恋あり、サスペンスあり、アクションあり、映像の美しさ、テンポの良さ、魅力あふれる映画音楽（〝タラ〟のテーマ）と、いずれを採っても満点の作品である。かつて、小沢栄太郎（一九〇九〜一九八八）が〝日本では「東京音頭」が流行っていた時に、米国ではこんな素晴らしい映画を作っていたなんて、彼我の文化度の差を感じますね〟と慨嘆していたのが妙に印象的であった。

第二位は「第三の男」（一九四九。キャロル・リード監督）

第二次世界大戦直後のウィーンが舞台。主役のジョセフ・コットン（一九〇五〜一九九四）より脇役のオーソン・ウエルズ（一九一五〜一九八五）が良かった。暗い街路の扉口に立ち、向かいの二階の窓から、パッと、一瞬、光が射して、闇に彼の顔が浮かんだ。はにかんだような笑みを見せた途端、暗転となり、次の瞬間には消え去っているというシーンは、何とも印象的であった。二人がウィーンのプラター公園にある観覧車に乗るシーンも好きで、出来れば行って乗りたかったが果たせなかった（実はドイツ留学中にウィーンで学会があるというので、切符を用意しホテルまで予約していたのに急病でいけなかったのである。残念！無念！）。しかし、何といっても、ラスト・シーンが素晴らしい。ウィーンの共同墓地の長い並木路で、ジョセフ・コットンが飛行機に乗り遅れるのを知りながら、自動車を降りて荷車に寄り掛かかり、アリダ・バリ（一九二一～二〇〇六）が帰って来るのを待つが、彼女は彼の方を見向きもしないで、通り過ぎていく。京都植物園に似た並木道があり、若い頃、トレンチコートを羽織って、この映画を憶いながら、よく歩いたものである。さらに、アルプスの民族楽器ツィターをアントン・カラス（一九〇六～一九八五）が演奏するミステリアスで、しかも哀愁をおびた旋律は心に浸みた（「ハリー・ライムのテーマ」）。

第三位は「ひまわり」（一九七〇。ヴィットリオ・デ・シーカ監督）。

第二次世界大戦末期、数千キロ四方の雪の大地を、ソ連軍に追われてイタリアの敗残兵達が、猛吹雪の中を一歩、また一歩と歩む。中には行き倒れる者、一人、また一人。その中にマルチェロ・マストロヤンニ（一九二四～一九九六）がいる。戦後、それが一変、その大地は、一面、陽光に照らされた無数の「ひまわり」が風にそよいでいる。その中に夫を探しに来たソフィア・ローレン（一九三四～）がいる。見事な対比。しかし、この映画の最高のシーンは、やはり、ラスト・シーンである。元夫のマストロヤンニが列車に乗り込み、列車内の通路に佇んでいる。車窓に、その顔が見える。胸の内に去来するものを押し殺して無表情に、停車場に立ち尽す元妻ソフィアを見詰めている。女も、憶いを隠して無表情に男を見詰めている。列車が動き出し、男は去っていく。女の嗚咽する姿を背後からカメラが捉える。このミラノ駅での別れのシーンは、「旅情」のヴェニス駅での別れのシーンにヒントを得たと聞く。こちらは、車窓から顔を出して、キャサリン・ヘップバーン（一九〇七〜二〇〇三）が、束の間の恋人ロッサノ・ブラッツィ（一九一六〜一九九四）が見送りに来るのを待っている。列車が動き出す。と、男が駆けて来る。しかし、間に合わない。男はプレゼントの箱から、二人の憶い出の花、白い〝くちなし〟を取り出して、女に向けて振り翳す。女も気付いて、車窓から身を乗り出して手を振って応える。これも良い（「動」）が、内容といい映像といい「ひまわり」の方（「静」）が、数段上である。さらに、ヘンリー・マンシーニの名曲「愛のテーマ」に泣けた。

ところで、マストロヤンニは翌朝の汽車に乗った。ということは、二人は一夜を共にした。〝いいじゃないですかあ〟。昔、不倫の損害賠償について比較法研究をしたことがある（「愛と家庭と」（一九八五年、成文堂））。当時、イタリアに留学しておられた豊下樽彦氏に、お尋ねしたところ、〝イタリア人に問うたところ「そんなことで、何故に損害賠償が認められるのか理解できない」ということでした〟というお答えをいただいた。

以上、一、二、三位は、いずれも戦後に生き残った者の生き様を描いたもの。そのような人々の共感を呼んだ。

第四位は、日本映画に敬意を表して「用心棒」（一九六一。黒澤明監督）。黒澤（一九一〇～一九九八）と三船敏郎（一九二〇～一九九七）の名コンビによる名作。仲代達矢（一九三二年～）、志村喬（一九〇五～一九八二）、東野英治郎（一九〇七～一九九四）、加東大介（一九一一～一九七五）、山田五十鈴（一九一七～二〇一二）、司葉子（一九三四～）といった錚々たる面々が脇を固めている。外国でもリメイクされた。古びて洗濯などしたことのない汚れた衣装に二本差しの三船の姿は、その後も人気を博し、「椿三十郎」、そしてテレビでも素浪人シリーズの視聴率が高かった。しかも、アラン・ドロン（一九三五～）、チャールズ・ブロンソン（一九二一～二〇〇五）、クラウディア・カルディナーレ（一九三九～）と共演し、文字通り〝世界のミフネ〟になった（「レッド・サン」）。しかし、日仏米伊のスターを集めたというだけで、内容は〝もう一つ〟であった。話を戻すと、三船の殺陣は抜群だった。特に続編の「椿三十郎」で、人を切る時に〝擬音〟を入れた（はじめ豚肉など肉を切ったが、うまくいかずキャベツを切ることにしたという）。しかも鮮血を飛ばした。ラスト・シーンで三船と仲代の一騎打で、仲代の体にチューブを巻き、端にポンプを付けて、切られた瞬間にスタッフがポンプを押すと、チューブからパッと赤い液が噴き出すという〝手〟を使った。それまでの殺陣は歌舞伎の殺陣を摸倣したもので、それは舞踊の一種であった。まあ、初期の映画俳優は歌舞伎役者出身（尾上松之助（一八七五～一九二六）をはじめ片岡千恵蔵（一九〇三～一九八三）、市川歌右衛門（一九〇七～一九九九）、坂東妻三郎（一九〇一～一九五三）、さらに、その後も市川雷蔵（一九三一～一九六九）、大川橋蔵（一九二九～一九八四）、中村（万屋）錦之助（一九三二～一九九七）と続く）であったから止むを得ないことであるが、黒澤によって、はじめて映画という〝写実〟を求める世界での殺陣が始まったわけである。

日本映画界では黒澤に並ぶ今一人好きな監督がいる。小津安二郎（一九〇三～一九六三）である。原節子（一九二〇～二〇一五）、笠智衆（一九〇四～一九九三）、東山千恵子（一八九〇～一九八〇）などを起用した「東京物語」、原節子、笠智家による「晩春」など、いずれも、そのストーリーや映像、演技、どれをとっても、心温まり安らぎを与えてくれる作品である。ひょっとすると、映画の質という点では、小津作品の方が黒澤作品より上かもしれない。しかし、なんといっても〝チャンバラ〟好きの私としては黒澤作品を推したい。

なお、京都市上京区にある金龍山大雄寺に山中貞雄（一九〇九～一九三八）という映画監督の墓がある。彼は日中戦争の最中に中国で若くして戦病死したので、大河内伝三郎（一八九八～一九六二年）の「百万両の壺」（一九三五）など数本しか作品は残っていない。ただ、山田五十鈴や原節子を育てた功績は大きい。そして、親友だった小津安二郎が、彼の死を悼んで、心温まる追悼文を石碑に彫って、大雄寺に奉納している。そして、今も毎年「山中忌」が、命日に大雄寺で開かれ、故人を顕彰している。

第五位は「真昼の決闘」（一九五二。フレッド・ジンネマン監督）。

日本の時代劇に対応して、西部劇から一つ。いっぱい西部劇を見たが、ゲーリー・クーパーの渋い演技に参った。西部劇も日本の時代劇と同じく、ほぼ、ワン・パターンで、悪人を正義の人がやっつける（勧善懲悪思想）、というものである。初期、その悪人は〝かたき〟か悪徳地主か悪徳商人であり、そして、さらに象徴的なのはインディアン（先住民）で、正義の人は保安官やガン・マンであり、さらに象徴的なのは騎兵隊であった。ジョン・フォード監督（一八九四～一九七三）、ジョン・ウェイン（一九〇七～一九七九）主演「駅馬車」（一九三九）が、その典型例であった。所詮、白人が、インディアン（先住民）の土地を奪って、アメリカを建設した歴史劇であり、それは〝銃〟による征服の歴史劇だったわけである。しかし、後に、先住民を〝悪人〟とするのは後ろめたくなり、〝悪人〟から外された。そして、先住民を〝誇り高い人々〟と持ち上げるようになる。もっとも、結末は白人に都合の良いようになる（ジョン・ウエインと、モーリン・オハラ（一九二〇～）の「マクリントック」（一九六三）、リチャード・ウィドマーク（一九一四～二〇〇八）の「シャイアン」（一九六四）など）。

ところで、ハリウッドの男優達は、全員、西部劇スターに起用し得ると思った。例えば、甘いマスクのアラン・ラッド（一九一三～一九六四）でさえ、名作「シェーン」（一九五三）を演じた。所詮、彼らは〝銃〟でアメリカを建国した人々の子孫ということである。だから〝人民の銃保有の権利〟をアメリカ合衆国憲法は未だに認めている（修正第二条。一七九一年）のは、その名残りである。今や日本も〝武力を保有する権利〟を憲法に明文化しようとしている。イエスは云う。〝剣を取る者は剣によって滅ぶ〟（マタイによる福音書二六章五二節）。もっとも、私としては、唯々、派手なアクションを楽しもうというだけのことである。「真昼の決闘」は、かつての犯罪者が元保安官ゲーリー・クーパーに仕返しに来るのだが、それを一人で〝返り討ち〟にするという単純なストーリーである。しかし、深刻なゲーリー・クーパーの顔と初々しくも健気なグレース・ケリー（一九二九～一九八二）の姿と心強いテックス・リッター（一九〇五～一九七四）の歌声（「ハイ・ヌーン」）に〝やられた〟。もっとも、西部劇といえば、ジョン・ウェイン作品、カーク・ダグラス（一九一六～）作品、ランドルフ・スコット（一八九八～一九八七）作品、等々、もっと良いのがあると異論が噴出することと思う。それには決して反論するつもりはない。

第六位は「独裁者」（一九四〇。チャールズ・チャップリン監督、主演）。チャップリン（一八八九～一九七七）に敬意を表して。他にも〝街の灯〟（一九三一）、〝モダン・タイムズ〟（一九三六）など名作のある中で、矢張り、これに止めを刺す。彼は、無声映画にこだわった（「街の灯」は、その象徴）。いろいろ云われているが、それは身体だけの表現芸術にこだわったのではないか。日本では伎楽や大念仏狂言、西欧ではパントマイム（マルセル・マルソー（一九二三～二〇〇七）の風に吹かれる姿は絶品だった）などが無言劇として素晴らしい。しかし、矢張り限界がある。もし「独裁者」を無声映画にすれば、あれほど連合国の市民を鼓舞することはなかったであろう。

さらに、彼の音楽感覚は〝凄しい〟。左手でヴィオリンを弾いたり、映画音楽も自分で作曲した。「スマイル」（「モダン・タイムズ」）は私の愛唱歌の一つである。もう一つ、「ライムライト」（一九五二年）の「テリーのテーマ」も美しい。

第七位は「ウエストサイド物語」（一九六一。ロバート・ワイズ監督）ミュージカルを初めて見たのはジーン・ケリー（一九一二〜一九九六）主演の「ブリガドーン」（一九五四）。それに〝びっくり〟した。それは、「映画とは〝写実〟の芸能」と思っていたからである。しかし、よく考えてみれば〝歌って踊って芝居する〟という芸能は、古くから、日本では能狂言、中国では京劇、欧米ではオペラがあるのだから（そして〝ミュージカル〟は舞台芸能としても人気を博している）、映像化されてもおかしくない。次々と面白いのを観た。ここに挙げるべきはフレッド・アスティア（一八九九〜一九八七）の「イースターパレード」（一九四八）、カトリーヌ・ドヌーブ（一九四三〜）の「シェルブールの雨傘」（一九六三）が美しい映像と音楽で心を引き付けた。さらに、ジーン・ケリーの「雨に唄えば」（一九五二）、「巴里のアメリカ人」（一九五一）、ユル・ブリンナー（一九二〇〜一九八五）とデボラ・カー（一九二一〜二〇〇七）の「王様と私」（一九五六）、オードリー・ヘップバーン（一九二九〜一九九三）の「マイ・フェア・レディ」（一九六四）であろう。それに忘れてならないのは、ジュリー・アンドリウス（一九三五〜）の「サウンド・オブ・ミュージック」（一九六五）（ロバート・ワイズ監督）である。実は、アルプスの美しい映像とジュリーの素晴らしい歌に魅せられて、こちらを推したいところなのだが、矢張り「ウエスト・サイド物語」のダンスの迫力に圧倒されたということである。そして、ダンスを真似るのは出来ないので、指を鳴らすのを努力した。右指は、なんとか鳴るようになったが、左指は難渋した。

第八位は「ファンタジア」（一九四〇。ベン・シャープスティーン監督）。マンガ映画もいっぱい見た。「白雪姫」（一九三七年）、「シンデレラ」（一九五〇年）「ピノキオ」（一九四〇年）等々。なかでも、「ファンダジア」（一九四〇）は圧倒的だった。特にミッキー・マウスの「魔法使いの弟子」は秀逸であった。アニメ映画は、今や全盛時代である。若い人々の間でも絶大な人気で、最近は日本のアニメが世界を席捲していて嬉しい限りである。しかし、例えば、宮崎駿（一九四一〜）監督の作品「千と千尋の神隠し」（二〇〇一）をはじめ、どうも、その映像に馴染めない。ディズニー会社作品の「アナと雪の女王」（二〇一三）にしても然り。私としては、もっと〝美しい〟映像であってほしいと思うのだが。

第九位は、「裏窓」（一九五四。アルフレッド・ヒッチコック監督）。

〝サスペンス〟といえば、矢張り、この人、アルフレッド・ヒッチコック（一八九九〜一九八〇）の作品を挙げなければならないだろう。中でも「裏窓」は最高傑作である。とにかく限られた空間、すなわち犯人の「窓」と主人公の「窓」が中心で、しかも主人公のジェームス・スチュアート（一九〇八〜一九九七）は足を怪我していて動けない。さらに、殺人行為自体は映像に出ない。だから一滴の血も写らない。ハラハラ、ドキドキするのは、最後に犯人が主人公の部屋にやって来て、主人公を殺そうとする場面だけである。しかし、全編を通じて、どうなるのかな？　と引っ張っていく。しかもジェームス・スチューアートとグレース・ケリーの清々しいコンビは画面を明るくする。この点、「サイコ」（一九六〇）や「鳥」（一九六三）は、画面そのものが〝おどろおどろしく〟

て評価できない。その意味で、「知りすぎた男」（一九五六）、「北北西に進路を取れ」（一九五九。悪役のジェームス・メイスン（一九〇九～一九八四）が好演）、「バルカン超特急」（一九三八）の方が良い。なお、ヒッチコック自身が、作品の中で必ず何処にチョッと顔を出す。それを見つけるのも〝ご愛敬〟である。

第十位は、「ロシアから愛をこめて」（一九六三。テレンス・ヤング監督）。

スパイものから一つといえば、００７のこれであろう。

スパイ映画では、トム・クルーズ（一九六二～）の「ミッション・インポッシブル」シリーズも良い。しかし、００７シリーズの方が、ロマンがあって良い。老人の〝好み〟に合っているのかもしれない。００７は、何人もの男優が演じたが、私としてはショーン・コネリー（一九三〇～）とロジャー・ムーア（一九二七～）が好きである。前者は如何にも諜報部員らしいし、後者は、一見、女たらしのギャンブラーのようだが、その実態は凄腕の諜報部員という〝落差〟が、また、面白い。とにかく、役者は別として、作品としては「ロシアより愛をこめて」が印象に残っている。特にラスト・シーンで、ショーン・コネリーとロシアの元女性諜報部員がヴェニスのゴンドラに乗り、ショーン・コネリーが自分のベッドシーンの八ミリフィルムを川に捨てるの面白かった。他にも「ドクター・ノオ」（一九六二）、「ゴールド・フィンガー」（一九六四）「サンダーボール作戦」（一九六五）、「００７は二度死ぬ」（浜美枝（一九四三～共演））（一九六七）、「ダイヤモンドは永遠に」（一九七一）（以上、ショーン・コネリー）、「死ぬのは奴らだ」（一九七五）、「私を愛したスパイ」（一九七七)、「ムーンレイカー」(一九七九)、「ユア・アイズ・オンリー」(一九八一)、「オクトパシー」(一九八五)(以上、ロジャー・ムーア)と、いずれも楽しい。

ところで、ショーン・コネリーは007後の方がいい。「風とライオン」(一九七五)、「ロビンとマリアン」(一九七六)、「薔薇の名前」(一九八六)、「レッド・オクトーバーを追え」(一九九〇)などで大スターとなった。それに似ているが、クリント・イーストウッド(一九三〇〜)であろう。最初、テレビ西部劇「ローハイド(一九五八〜一九六六)に主演した後、あまり役に恵まれず、イタリアへ行って、マカロニ・ウエスタンに出て、黒澤明の「用心棒」のリメイク版「荒野の用心棒」(一九六四)に主演して、〝マカロニ・ウエスタンの元祖〟となった。ハリウッドに戻ってからは「ダーティー・ハリー」(一九七一)といったアクション映画を撮ったが、その後、「マディソン郡の橋」(一九九五)、「硫黄島からの手紙」(二〇〇六)、「グラン・トリノ」(二〇〇八)など、正に大監督、大スターとなっている。

人形浄瑠璃

人形浄瑠璃、すなわち、「文楽」については前書（二二頁）にも書いたが、それを何故に「人形浄瑠璃」というのか調べてみた。そもそも浄瑠璃とは、「法華経」の「序品」に出て来る言葉で「浄＝清い、瑠璃＝ラピスラズリ」ということで、薬師如来の住んでおられる東方極楽浄土を浄瑠璃世界と呼ぶらしい（「薬師本願供養経」）。でも、これが何故に人形芝居の名前に取り入れられたのか？　それは義経の恋人に「浄瑠璃姫」という女性がいて、この二人の恋物語（「浄瑠璃姫物語」）を語るという芸能が一五世紀後半に成立した。それに三味線、人形芝居が結び付いて、安土桃山時代（一六世紀末から一七世紀初め）に「人形浄瑠璃」が成立したとのことである。その後、一七世紀末に〝語りの名人〟竹本義太夫（一六五一～一七一四）と戯作の名人（日本の〝シェイクスピア〟）近松門左衛門（一六五三～一七二四）が組んで「曽根崎心中」、「心中天の網島」など、今日にも残る名作が世に出され、人形浄瑠璃の語りが〝義太夫節〟といわれるようになった。そして、人形浄瑠璃は歌舞伎を凌いで人気を博し、町の旦那衆も自から浄瑠璃を語るようになった。いわゆる〝素人浄瑠璃〟である。かの太田蜀山人（一七四九～一八二三）が〝まだ青い、素（白）人浄瑠璃玄（黒）がって、赤い顔して、黄な声を出す〟と皮肉っている。なお、「文楽」というのは植村文楽軒（一七八四～一八〇五）が大阪に開いた小屋を明治五（一八七二）年に「文楽座」と称したことによる。一八世紀後半以降は歌舞伎に人気を奪われるようになったが、根強い人気は第二次世界大戦前まで続いた。その証拠は落語の「寝床」や「門付け」に残っている。しかし戦後は衰微の一途を辿り、特に、関係者が「三和会」と「因会」に分裂して、ますます廃れた。もっとも、その御蔭で、小学校の講堂で桐竹紋十郎丈の「阿古屋琴責の段」を観ることができた。もっとも、最近、橋本徹元大阪府知事が、国立文楽劇場への補助金削除を打ち出して、関係者に緊張が走り、世間の耳目を集めた。さらに、人形遣い、浄瑠璃太夫方、三味線方に、名跡の襲名が相次ぎ、マスコミも注目し、復興の兆しが見られることは、ファンの一人として、嬉しい限りである。

落語について

落語の祖については諸説あるようだが、「醒酔笑」（一六二八年）の作者「安楽庵策伝」（一五五四～一六四二）とするのが通説である。彼は、京都の誓願寺の住職で、有名な説教僧であった。一般の参拝者に説教をするとき、仏説だけでは興味を持ってもらえないので、時々は、笑い話を入れて聴衆を引っ張っていったのであろう。いつしか「希世の噺上手」といわれた。その話のうまさが、都中に知れ渡り、秀吉、京都所司代の板倉重宗（一五八六～一六五六）（先の「醒酔笑」は彼に献上したものといわれている）、関白近衛信尋（一五九九～一六四九）、烏丸光広（一五七九～一六三八）をはじめ、松永貞徳（一五七一～一六五四）、林羅山（一五八三～一六五七）、金地院崇伝（一五六九～一六三三）といった当時の一流の文化人とも交流があった。

その後、露の五郎兵衛（一六四三～一七〇三）という日蓮宗の京都の談義僧が還俗して、北野神社境内などで辻咄をして「京（上方）落語の祖」といわれている（北野神社に記念碑がある）。次いで、大阪で米沢彦八（一七世紀後半から一八世紀前半）が生玉神社境内で辻咄をし、さらに、鹿野武左衛門（一六四九～一六九九）が上方から江戸に出て辻咄を広めた。このように上方で発祥した落語であるが、〝笑い〟は人間にとって最大の娯楽であるから、落語は、当然、江戸でも大人気となった。烏亭（立川）焉馬（一七四三～一八二二）、初代三遊亭円生（一七六八～一八三八）、初代桂文治（一七七三～一八一五）、初代三笑亭可楽（一七七七～一八三三）、といった名人が出て、隆盛の一途を辿り、幕末明治に、三遊亭円朝（一八三九～一九〇〇）が現れて、江戸落語は頂点に達した。彼こそ「落語の神様」の称号に相応しい名人であろう。彼の作った人情噺、怪談噺は今も演じ続けられている。第二次世界大戦前は東西落語界は拮抗していたといってよいであろう（東では三代目柳家小さん（一八五七～一九三〇）（夏目漱石が絶賛している）、西では初代桂春団治（一八七八～一九三四））が、戦後は上方落語は衰微し、東は落語、西は漫才といわれた。しかし、西でも、いわゆる「四天王」（桂米朝（一九二五～二〇一五）、笑福亭松鶴（一九一八～一九八六）、桂小文枝（一九三〇～二〇〇五）、桂春団治（一九三〇～二〇一六））の努力によって、息を吹き返し、西でも現在は約二百名の落語家がいるとのことである。特に、大学の〝落研〟出身が東でも西でも多いらしい。私も、〝落研〟出身者ではないが、ゼミのコンパなどで一席演じて本人は楽しんでいた（聞かされる方は大迷惑！）。得意の演目は「景清」。この噺は、元々、上方噺であり、後半は〝芝居仕立〟なのだが、これを八代目桂文楽（一八九二～一九七一）が、後半をやめて江戸咄として演っていた。私は、これに従っていたが、彼の演出では〝なぜ〟「景清」なのか？解らないので、咄を京都へ戻して清水の観音さんに登場していただき、いにしえ、平の景清（～一一九六）が観音さんに奉納した両眼を、観音さんが主人公の盲人に与え、盲人の両眼が開く、という筋立てで演じた。

ところで、最近は「笑うこと」は体内を活性化する物質が出て健康に良いということで、病院の待合室でも、寄席が開かれるようになった。お医者さんのなかには、立川某という芸名を名乗って〝健康に良い落語〟と名打って、ＣＤやＤＶＤを売り出しておられる。私も買いたいが、既に私の部屋には落語のＣＤやＤＶＤが山積みになっていて、妻から「終活中なのに、また〝がらくた〟を買って〝ゴミ〟を増やさないでください」と命じられて、まだ買っていない。

志ん生と文楽

落語界における昭和の名人といえば、八代目桂文楽と五代目古今亭志ん生（一八九〇～一九七三）であることに異論はないであろう。この二人の芸風は対照的である。文楽は一点一画も忽かにしない〝上手〟の極地であり、志ん生は天衣無縫で〝下手〟の極地である。その意味はこうである。文楽の演ずる時次郎は時次郎であり、久さんは久さんであり、徳さんは徳さんであり、お咲さんはお咲さんである。志ん生の演ずる道具屋の亭主は志ん生であり、女房は志ん生であり、定吉は志ん生であり、田中三太夫は志ん生である。文楽は噺の中へ入って行き、志ん生は噺を自分の中へ取り込んでいる。しかし、志ん生の噺も面白い。それは志ん生が面白いからである。

文楽は一つの噺に、すごい時間をかけて練り上げる必要があった。したがって、彼の演目は意外と数が少ない。文楽が「芝浜」を語ったことがあると聞いたが聴いてみたかった。

他方、志ん生は数多くの演目をやっている。それは全て彼で演じればよかったからである。

桂米朝が〝一生懸命努力をすれば文楽には成れるが志ん生には成れない〟、といったそうだが、至言である。

ところで、志ん生の〝語り〟の部分と人の衣装の描写は最高である。それは、彼がプロの講釈師として〝飯を喰っていた〟からであろう。

黄金餅

立川談志（七代目。一九三六～二〇一一）といえば、「芝浜」というのが〝通り相場〟である。しかし、これは、桂三木助（三代目。一九五七～二〇〇一）が一番である。特に、四手網で白魚を獲るという小粋な〝枕〟は絶品である。これは、安藤鶴夫（一九〇八～一九六九）が教えたとのことである。談志は酷評していたが、これは明らかに彼の嫉妬心の表れである。そもそも、「芝浜」は、江戸前の洒落た噺で、三木助の鼻筋が通り、切りっとした風貌と軽やかな語りは、この噺にぴったりである。他方、談志の皮肉っぽい風貌としゃがれた語り口には合わない。彼も、それは解っていたと思う。だからこそ、毎年、師走には、これをやった（今は多くの落語家が倣っている）。何とか三木助を超えようと努力した。持ち前の負けん気で……。いずれにしても、談志のそれは〝やり過ぎ〟である。特に、最後の場面の「魚勝」と女房の話は聞いていて〝しんどい〟。

では、談志の一番は何か。いうまでもなく、「黄金餅」である。〝落語は人間の業の肯定である〟という彼の哲学からいっても、これに止めを刺す。この噺は志ん生が得意としていた。志ん朝（一九三八〜二〇〇一）も、ときどき演っていた。しかし二人共、談志には及ばなかった。あの隠坊小屋で、まだ湯気の出ている焼きたての死体を鉄火箸で突き破り、引っ掻き回して小粒を拾い出していくシーンは圧巻である。それは鬼気迫るものであった。さらに、三人とも、山崎町から釜無村までの道行を江戸時代の地名で言い立てているが、さらに、談志は、これを現代の地名で云い直している。見事という他はない。この噺を演れるのは談志以前になく今後も出ないであろう。現に彼の書いた「十八番」の色紙の筆頭に「黄金餅」が書いてある。ちなみに、他は「つるつる」、「夢金」、「粗忽長屋」、「らくだ」、「平家物語」、「鉄拐」、「二人旅」、「品川心中」、「へっつい幽霊」、「よかちょろ」、「居残り左平次」、「天災」、「三軒長屋」、「風呂敷」、「松引き」、「やかん」、「疝気の虫」、で、「芝浜」は載っていない。なお、五代目円楽（一九三二〜二〇〇九）の〝のっぺり〟とした顔付きとねばりのある語り口では、「芝浜」は無理である。「紺屋高尾」、「幾代餅」の系統がよい。

ついでに、私の好きな他の落語家とその噺を挙げると、朗らかで明解な語り口の三代目三遊亭金馬（一八九四〜一九六四）の「佃祭」と「真田小僧」、渋い語り口の八代目三笑亭可楽（一八九八〜一九六四）の「二番煎」、ひょうきんでとぼけた味の五代目柳家小さん（一九一五〜二〇〇二）の「狸賽」と「長屋の花見」、真面目で几帳面な語り口の六代目三遊亭円生（一九〇〇〜一九七九）の「百年目」と「真系累ヶ淵」、体全体で語る桂枝雀（一九三九〜一九九九）の「三十石船」と「地獄八景亡者戯」。今頃、あの世の寄席で師匠米朝と共に、これをやっていることだろう。

返信について

以前、伊藤眞先生が「書斎の窓」に、本や論文を送ったときの〝返信〟について書いておられた。私も返信について幾つかの思い出がある。

大学生のとき、大隅健一郎先生から〝自分は、長く私法学会理事を務めているので、もうそろそろ辞めたいと申し出たところ、中川善之助先生から「君が辞めたら京大から次は誰が出て来るのか」と問われ、「A君がいます」と答えたら、中川先生から「A君は、手紙を出しても返事も寄越さない。彼に理事は務まらん」といわれ、止む無く今も理事を務めているんだ〟と伺った。

司法修習生のとき、研修所教官の浦部衛先生から〝君が京大へ帰ったら、Bさんに「手紙を書いても返事も呉れない」と浦部が怒っていたと伝えてくれ。自分は五高の後輩だから、よう云わんから〟といわれた。私にとって雲の上の人であるB先生に到底伝えられなかった。

助手のとき、奥田昌道先生から〝本や論文を貰って、よく読んでお礼状を出そうと思うのだかが、その内に出し忘れてしまう〟と伺った。

助教授のとき、処女論文を我妻栄先生にお送りしたところ、早速、軽井沢の絵葉書でお礼状をいただき、〝自分も、もう一度「不法行為法」を書き直そうと思っている〟と結んであったのに感激した。

そこで、私も、本や論文をお送りいただいたら、出来るだけ早くお礼状を出すことをモットーにしている。もっとも、生来の悪筆乱筆の故に〝何が書いてあるか解らない〟とお叱りを受けることもあるが、それはそれ、ご寛容を賜ることを願って、このモットーを今も実行している。

教授のとき、若手研究者Cさんから処女論文をお送りいただき、早速、お礼状を出したところ、指導教官の石田喜久夫先生から〝C君が一番に前田先生から礼状を貰ったと喜んでましたよ〟と聞き、これが、いささかでもCさんの励みになればと願ったことである。

近時はPCやスマホで返信を遣り取りする時代であるが、私は元来不器用で、〝文明の利器〟には付いていけず、未だに手書きの手紙に頼っている。

成文堂の土子三男さんから「手書きの原稿を送ってこられるのはS先生と前田先生だけです」といわれており、私は〝絶滅危惧種〟の一人なのである。

故土子三男さんの御冥福を祈って、本拙稿を捧げる。

千本えんま堂

京都の西陣を南北に貫く大通に「千本通」というのがある。平安京時代のメイン・ストリートであった朱雀大路の名残りである。当初、朱雀大路は、幅八四メートルもあり両側に柳が植えられていた（「続日本後記」。八三六年）。しかし、九世紀後半には、畑地化が進み、右京の衰退によって、都の西の端を示す道路となり、さらに、兵士を配備して夜盗などの警備にあたらなければならないほど荒廃していた（「類聚三代格」。八六二年三月八日）。ちなみに、この朱雀大路の南の端に羅城（生）門があり、九八〇年に台風で倒壊したとのことである。したがって、菅原道真（八四五～九〇三）が大宰府に流された時（九〇一年）には、荒廃してはいたが、まだ現存していた。

さて、この〝通り〟の名が「千本通」と呼ばれるようになったのは、延喜帝（醍醐天皇（八八五～九三〇。在位八九七から九三〇））が菅原道真を九州に左遷したところ（彼は大宰府で死去）、帝が病気になったので、これは左遷された道真の怨念が原因であると考え、供養のために、蓮台野に千本の卒塔婆を立てたという故事に因るらしい。そうでなくても、千本通の北の端にある蓮台野（船岡山の南西一帯）は平安時代から葬送の地で、その供養のために卒塔婆が何本も立てられたことであろう。

そして、また、供養のために、この通りに沿って多くの寺院が建立された。

その中でも有名なのが「千本えんま堂」（〝本名〟「光明山引接寺」）である。この寺の御本尊は、いうまでもなく「えんま大王」である。大抵の死者は、生前には何某かの〝悪〟を行なっていたに違いないから（悪を為さずに生きられる人は現在でも稀であろう。だからこそ悪人正機説が説かれる）、死後、「えんま様」の前に引き出されるわけであり、葬送の時、縁者は、まず、この寺に、一番に参ろうとしたのだろう（「回向」によって、いささかでも罪を軽くして下さるように祈る）。

創建は十一世紀初頭、源信（九四二〜一〇一七）の弟子定覚上人であるが、一二七三年に如輪上人（一一七一〜一二四一）が再興したとされる。そして、当寺を訪れたイエズス会宣教師ルイス・フロイス神父（一五三二〜一五九七）が、次のように述べている。〝地獄の判官（えんま大王）は、はなはだ大きくかつ嫌悪すべきもので、身の毛もよだつようであった。そのそばには別の二体の悪魔がいる〟（「日本史」一五六五年）。

この寺には、もう一つ、見るべきものがある。それは「普賢象桜」である。これは後小松天皇（一三七七〜一四三三）が寄進したとのことである。この桜の花心の雌しべが葉化して突き出しており、それを象の牙に見立て、象は普賢菩薩の乗り物であることから、〝普賢象桜〟と名付けられた。

ところで、〝エンマ様〟については、苦い思い出がある。中学生の頃、校則を生徒に守らせるために、ヨゼフ・ナドウ神父様が生徒たちの監視役として訓育主任という役を勤められておられた。私も、中学一年生の時、「静粛」の禁を破って、教室で騒いでいるところを見付けられ、「生徒心得（校則表）」を十回書いて訓育主任室へ持ってくるように命ぜられたことがある。そこで、生徒（特に上級生）の間で、ナドウ神父様に〝エンマ様〟という〝あだ名〟を奉った。そして、中学二年生の時、クラス対抗の演劇コンクールが催された。我々のクラスは小松左京作の「令狐生冥夢録」という演劇を演じた。これは、一人の男が夢の中で地獄へ行って〝エンマ様〟に会うという筋である。クラス一丸となり、素晴らしい出来で優勝した。後に審査員の先生から〝実はナドウ神父様が、あの劇は私を皮肉ったものでケシカラン！と怒っておられてね〟といわれた。我々もナドウ神父様の〝あだ名〟が〝エンマ様〟であることを知ってはいたが、それと劇の「エンマ大王」と結び付けることはまったく思ってもいなかったので、びっくりすると共に申し訳なかったと思った次第であった。卒業して後、近くでもあったので、よく母校を訪れた。そんな時、ナドウ神父様は、我が子が帰ってきたように大喜びしてくださり、時には修道院へ連れて行って歓待して下さった。そして、はじめて、神父様の本当のお姿を知り、尊敬の念を高め、御懇意に願い、妻との婚約式の司式をお願いしたり、娘達の結婚披露宴にお招きして祝辞を述べていただいたりした。ご高齢となられて、カナダへ帰国されてからは、文通をもって、ご高配を賜った。そんなお手紙の中に、〝「エンマ」という「あだ名」を付けられ調べたら「悪魔の王」という意味で大変心が痛んだ〟と書かれていた。たしかに「yenma」とは「ある悪魔の王」と訳されている（土井忠生ほか編訳「邦訳日葡辞書」（一九八〇年、岩波書店）八一九頁）。勿論、ナドウ神父様が、この辞書をご覧になったのではないだろう。しかし、先述のフロイス神父の言葉といい、この訳語といい、欧米のキリスト教徒の間では、一般的に〝エンマとは悪魔の王〟と考えられているのであろう。そこで、私は返信して〝エンマ様は悪魔の王ではなく、お地蔵様の化身で、あの凄い形相も悪人を怒っておられるのではなく、地獄の亡者たちの苦しみを自らも引き受けるために、真っ赤に熱せられた銅の液を飲み込んで、その苦痛の表情を表しているのです〟と述べた。どれほど納得していただけたかは心許ない。それについて御返事はなかった。というのは、これはキリスト教思想と仏教思想の根源に関わる問題だからである。前者にあっては、天国を支配するのは神であり、地獄を支配するのは悪魔である。しかし、後者にあっては、確かに地獄は悪人の行く処ではあるが、〝エンマ様〟は地獄にいるのではなく「中陰」（死んでから四九日の間さ迷っている世界）にいらっしゃって、そこでの役割は、心優しい仏の化身であり、彼の職責は裁判官（日本のエンマ像は中国の宋代の裁判官の姿を倣している）なのである。

さらに、両思想には大きな差がある。

キリスト教思想によれば、世の終末に（カトリックでは、それまでの間「煉獄」にいる）、神が全ての人間を裁いて、善人は天国へ悪人は地獄に、と判定し、それで終り、その後、この状態が永遠に続く。余談であるが、システィーナ礼拝堂にあるミケランジェロの壁画「最後の審判」は観る者を圧倒する。神と人間群像は世の終わりを余すことなく描き切っている。ちなみに、同じ壁画の中にある「アダムの創造」はすごい。これから生命を与えようとする神の右手の人差し指が力強くピンと伸ばされているのに対して、これから生命を授かろうとするアダムの左手の人差し指の力なくダラッとしている見事な描写は一目観るだけで、その意味を頭の中に叩き込まれる。

本題に、戻そう。仏教思想でも、悪人は地獄へ堕ちる。しかし、それで終るのではない。地獄道から、次には餓鬼道へ、さらに畜生道、修羅道、人間道、天道と六つの世界を次々と生まれ変わり死に変わり、それが、永遠に続く、というのである（「六道輪廻」）。ところで、浄土教思想は「南無阿弥陀仏」の功徳によって、「六道輪廻」を免れて極楽浄土へ行けるというのである。

かつて、雅楽の楽人に問うた。〝雅楽は単調で繰り返しばかりですね〟。楽人は答えた。〝雅楽は永遠に続き終わりのない音楽である、それに対して、西洋音楽は終りを目指して演奏する、すなわち終りのある音楽である〟と。成程と納得した。前者は仏教思想すなわち永遠に〝六道輪廻〟を繰り返す思想に、後者はキリスト教思想すなわち〝終末論〟を基礎とする思想に基づくのであろう。

この寺の大行事は、室町時代に始められた大念佛狂言（壬生寺のそれと嵯峨釈迦堂のそれを合わせて京都の三大念佛狂言といわれる）である。さらに毎年八月九日と十日に盂蘭盆の精霊迎えが行われている。これは小野篁（八〇三～八五二）が地獄の亡者を救うために、えんま大王に請われて、始めた行事と伝えられている。

千本しゃか堂

千本えんま堂と並び称されるのが、「千本しゃか堂」（〝本名「瑞応山大報恩寺」〟）である。ここの御本尊は「釈迦如来」である。今は千本通から少し西へ行った処にあるが、かつては、寺域は千本通に面していたのであろう。

京都人にとって〝先の大戦〟といえば、第一次世界大戦でも第二次世界大戦でもない。それは「応仁の乱」（一四六七～一四七七）のことである。この乱によって、京都市街は殆ど焼失した。そのなかで、奇跡的に焼け残ったのが、千本しゃか堂である。この寺は、当時、西軍（山名宗全（一四〇四～一四七三））の陣屋であったので、西軍の兵士が必死に守ったのであろう。そして、このあたり一帯に西軍が陣をひいたので、現在も、この辺りを「西陣」と呼んでいる。

したがって、本堂は鎌倉期の和様であって、屋根の曲線は誠に優美であり観る人の心を和ませる。その前庭には〝おたふくさん〟の像が祀られている。寺伝によれば、大工の棟梁が柱の寸法を間違って短く切ってしまい困っていると、妻のおたふくさんが〝柱の上に斗栱（トキョウ。柱の上に載せて天井の横木を支える組物）を継げば良いでしょう〟と進言し、それに従って無事に竣工させたという〝内助の功〟物語がある。もっとも、下世話に勘ぐれば、短く切ってしまって、棟梁が新しく木材を購入しようとしたのを、〝経理係〟の妻が〝継げば良いでしょう〟といって、出費を抑えたというところではないだろうか。

本堂に入ると、柱に刀傷が残っている。これは西軍の兵士が付けたものらしい。似た話が島原の角屋にある。「角屋」に遊んだ新撰組隊士が付けたという刀傷が柱に残っている。いずれも酒に酔った兵士隊士が刀を抜いて振り回し、柱にぶつかって傷を付けたのであろう。

さらに、この寺院で見るべきは、その仏像群である。近年（二〇一八年）、東博で展覧会があったので、ご覧になった方も多いであろうが、鎌倉期の名仏師快慶一派の作品群である。まず、御本尊の釈迦如来座像である。これは快慶（生没年不詳）の一番弟子行快（生没年不詳）の作で、かなり厳しいお顔の像である。次に、その釈迦の十大弟子像である。これは、仏よりも人間を彫ったものとしか思えないほど、鎌倉リアリズムの傑作である。さらに六観音像である。六観音とは、先の六道にいる衆生を救う観音様で、地獄道は聖観音、餓鬼道は千手観音、畜生道は馬頭観音、修羅道は十一面観音、人間道は准抵観音、天道は如意輪観音である。この時代の六観音が揃って拝観できるのは稀なことであり、一見の価値がある。

昔、司法研修所の民裁教官でいらっしゃった故中村修三先生をご案内して大喜びしていただいたのを懐かしく思い出す。

この寺の一大行事は「大根炊き（ダイコダキ）」である。お釈迦様が悟りをお開きになったこと（「成道」）を祝って、毎年十二月七、八日に、参拝者に「大根炊き」（大根と油揚げだけの「おでん」を想像していただきたい）が振る舞われる。毎年一万数千人の参拝者が押し寄せるとのことである。

くぎぬき地蔵

もう一つ、千本通に面した寺院で忘れてならないのが「くぎぬき地蔵」（〝本名〟「家隆山光明遍照石像寺」）である。八一九年に空海（七七四〜八三五）が創建したと伝えられ（今も寺内に「開山堂」があって「空海」が祀られている」、一六一四年に厳誉上人が再興した。本堂には三尺六寸の石造の地蔵様が祀られている。寺伝によると、一六世紀中頃に紀ノ國屋道様という商人が両手の痛みに耐えかねて祈願したところ、夢枕に地蔵様が現れて〝お前は前世に他人を怨んで人形の両手に釘を打ち込み呪った罪がある。それを私が赦してやろう〟といわれ、地蔵様の手に二本の釘が握られ、途端に痛みが消えたという。それは、ともかく、西陣では、多くの織子達が手織の機（はた）で、一日中、座ったまま手と足を動かして布地や帯地を織っていたのだから（今は一部（つづれ織）を除いてジャガードの機械織になってい る）、皆、体中が痛くなって当然である。だから、西陣の〝ど真ん中〟にある地蔵様に祈って直してもらうとするのも当然である。その祈願の方法は、本堂の横にある箱から竹製の箸のようなものを何本も持って、本堂の周りを廻り、一回廻る毎に箱へ、それを返していく、ということで「お百度参り」をする。そして終ると横の休憩所で、参拝者同士が談笑し、時が来て帰る、というわけである。正に運動とリラックスということで〝治療効果満点〟というわけである。そして、治癒のお礼として二本の釘と釘抜を板に張り付けて、奉納することになっている。今も本堂の壁一面に、その板が張り付けられている。本堂の裏には阿弥陀如来（光背に元仁元（一二二四）年の銘がある）と両脇侍の石仏が祀られている（重要文化財。石像寺の〝本名〟は、ここから来ているのだろう）。その横には〝お稲荷さん〟が祀られている。神仏習合の名残りである。他方、本堂の前には、日本画家の堂本印象画伯が奉納された大きな釘抜のモニュメントが飾られている。これは弟子の岩沢重夫画伯が、一時期、このお寺に下宿して、絵の制作に専念しておられた縁で、堂本画伯も参拝されたのである。

以上から、お気づきのことと思うが、苦を抜く地蔵すなわち苦抜き地蔵、それから「釘抜地蔵」となったのである。京都人も〝釘抜地蔵〟は知っているが、石像寺という〝本名〟を知っている人は殆どいない。

この寺の一大行事は、二月二、三、四日の「節分会」である。

湯だく山茶くれん寺

京都市街は、ほぼ〝碁盤の目〟になっており、南北を貫く通りと東西を貫く通りの交差点を、その二つの通り名を重ねて呼ぶ。例えば、千本通（南北の通り）と今出川通（東西の通り）の交差点を「千本今出川」と呼ぶ。その千本今出川を少し西へ行った処に「湯だく山茶くれん寺」というユーモラスな〝あだ名〟の寺院がある（〝本名〟「浄土院」）。寺伝によれば、秀吉が「北野大茶会」（一五八七年。九州平定の年）に赴く途中に立ち寄り、白湯を所望したが断られたので、この名が付いたということである。しかし、天下人の命に反したというのは、いささか〝眉唾〟ではないだろうか。私は次のように考えている。北野大茶会では「若党、町人、百姓によらず、釜一つ、つるへ（釣瓶）、のみ（呑）物一つ、茶こがし（焦）にても苦しからず候」という高札が挙げられた。すなわち、公卿や大名のみならず、一般民衆に参加を呼びかけた。それは京都市民全体に対して、秀吉が〝天下人〟であることを知らしめるためであった。当日は、きっと多くの町衆が遣って来たことであろう。当然、人々は湯を必要とした。当時は、今のような人家は、殆どなく、北野の森と、隣接する浄土院や他の幾つかの寺院が散在していたことであろう。となると、人々は、寺院へ湯を貰いに行ったであろう。当初は、浄土院も求めに応じて湯を与えていたが、余りに多数の人々が押寄せて来るので、終に拒否したのであろう。そこで、貰えなかった多数の人々が〝湯ぐらい、いっぱいあるのにケチな寺だ〟と悪口をいって、そこで「湯だく山茶くれん寺」とあだ名されることになったのであろう。

ちなみに、秀吉は、自慢の〝黄金の茶室〟を持ち込み〝名物〟茶器を展示した（〝天下人〟の面目躍如である）。

この寺の本尊は阿弥陀如来座像で背部に「永長元（一〇九七）年の銘があり（重要文化財）、本堂の屋根には楽家初代長次郎（?〜一五八九）作といわれる「寒山拾得」像がある。

千本通から東大路まで

1

千本通から東へ進んで最初に出会う南北の大路は堀川通である。この名は京都を南北に流れる堀川の西に面した道ということである。現在の堀川は殆ど水が流れていないが、平安時代は約一二mの幅があり、重要な物資運送水路であり、特に材木の流通に用いられた。

この通りに面した名所は、まず御池通との交差点を少し上がった（京都では北へ向かうことを「あがる」という）西側に威容を誇る二条城である。徳川家康（一五四三〜一六一六）が京都の居城として築いたもので（慶長七（一六〇二）年着工）、慶長八（一六〇三）年に征夷大将軍に任ぜられた家康が入城し、さらに慶長一六（一六一一）年に豊臣秀頼（一五九三〜一六一五）を迎えて会見したのは有名な話である。さらに東福門院徳川和子（一六〇七〜一六七八）の入内（元和元（一六一五）年）の儀式が当域で執り行われた。次いで寛永元（一六二四）年から大規模な修築がなされた。これは後水尾天皇（一五九六〜一六八〇）の行幸を仰ぐためで、お迎えのために寛永三（一六二六）年に大御所秀忠（一五七九～一六三二）（本丸に宿泊）、将軍家光（一六〇四～一六五一）（二の丸に宿泊）が上洛入城した。その後は、衰運を辿り、万治三（一六六〇）年の暴風雨、寛文二（一六六二）年、同五（一六六五）年の地震、元禄一四（一七〇一）年の雷雨で一部破損、遂に寛延三（一七五〇）年の雷火で五層の天守閣が焼失した。その後、幕末の慶応三（一八六六）年一〇月一四日に、この城で徳川慶喜（一八三七～一九一三）が大政奉還したのは有名である。その後、朝廷の所有となり二条離宮と改称されたが（〝葵〟の紋所の上に〝十六菊〟の紋所を張り付けた）、昭和一四（一九三九）年に京都市に下賜された。テレビなどでは、「二の丸御殿」（寛永元（一六二四）～三（一六二六）年）の大広間に諸大名が列座し、慶喜が上段の間に座して、口頭で大政奉還を告げているが（その背後には狩野探幽（一六〇二～一六七四）の筆になる松の障壁画が圧倒的である）、実際は諸大名の京都留守居役が大広間に集まり、そこへ文書で伝えられたらしい。しかし、それでは〝見栄え〟がしないだろう。本題に戻ろう。この「二の丸御殿」は、二〇一八年に復元された名古屋城本丸御殿上洛殿（寛永一一（一六三四）年に建立）と比すべき桃山時代の書院造殿舎建築である。「二の丸御殿」の各部屋を飾る障壁画は名古屋城の上洛殿と同じく狩野探幽（慶長七（一六〇二）年京に生れ、延宝二（一六七四）年江戸に没す）一門の筆になる。というのは、狩野探幽は元和三（一六一七）年に徳川秀忠によって幕府御用絵師に任ぜられ、その立場で二条城「二の丸御殿」、名古屋城「上洛殿」の障壁画を描いたのである。両者を比較すると、二条城の方が〝肩に力が入っているように感じる（特に上段の間の「松」の比較）。それは名古屋城「上洛殿」は将軍上洛時の宿舎であるのに対して、二条城は天皇をはじめとする「都人」に将軍の〝力〟を見せ付けるための城だからであろう。なお、名古屋城の「上洛殿」は家光再上洛の時（寛永一一（一六三四）年）に使用されただけと聞く。

余談ながら、探幽の名古屋城「上洛殿三之間」の「雪中梅竹鳥図」の四面の障壁画（襖絵）を観ると、狩野永徳（天文一二（一五四三）年京都に生まれ、天正一八（一五九〇）年京都に没す）の「梅花禽鳥図」（大徳寺の聚光院にある四面の障壁画（襖絵））と今一つ、円山応挙（享保一八（一七三三）年丹波に生まれ寛政七（一七九五）年京都に没す）の「雪松図屏風」（一七八五頃。三井家の求めに応じて製作。三井記念美術館蔵）を比較鑑賞したくなる。まず、永徳の作品は、向かって右側に竹と梅を描いて左側へ梅の枝が延びて、その先に空中から降りてくる鳥が一羽描かれている。探幽の作品は同じ構図であるが、永徳の場合は梅の幹が襖の上を越していて竹も存在感のある三本が描かれ、さらに川が流れて波が岸の岩に当たっている。また雉が二羽、鴨が三羽、川辺に描かれている。他にも岩などを配して、正に〝豪華にして絢爛〟である。明らかに安土桃山時代の武家文化を象徴しているといえよう。対して探幽の作品は、梅の幹は襖の内に納め竹も細く二本を〝お供えもの〟のように描かれ、画面のほぼ三分の二は余白である。正に〝気品高く優美〟である。それは徳川幕府の全国支配が確立し平和で穏やかな時代を反映したものといえよう。さらに、応挙のそれは、松が一本だけ幹は永徳のように襖の上部を越して力強いが、他方、余白の美も兼ね備えている（雪の表現は白地のままにしてる）。正にそれは、田沼政権下（安永元（一七七二）年老中、天明六年（一七八六）年罷免）において、町人文化が発展し〝洗練された伸びやかさ〟の象徴といえよう。

堀川通を上がって丸太町通との交差点をしばらく行くと、通りの西側に「晴明神社」がある。かの有名な陰陽師安倍晴明（九二一〜一〇〇五）を祀った神社である（寛弘四（一〇六七）年建立）。夢枕獏（一九五一〜）や野村萬斎（一九六六〜）で一躍有名になり、参拝者が引きも切らない。本殿近くにある「晴明水」は晴明が念力で湧出させたといわれ、飲めば悪病難病が治るとされている。この神社の南東に堀川に懸る橋が「一条戻橋」である（現在は、旧橋自体は「晴明神社」に飾られている）。一条通は平安時代の大内裏の裏側にある大路であり、この通りの堀川に掛かった橋であるから「一条戻橋」という。「戻橋」には次のような伝説がある。延喜一八（九一八）年に文章博士三善清行（八四七〜九一九）が没して葬送の列が、この橋に差し掛かった時、息子が棺に取り縋って泣いたところ、棺の蓋が開いて清行が生き返った。そこで、この橋は〝あの世〟から〝この世〟に戻る橋ということで「戻橋」と名付けらえた。いずれにしても〝おどろおどろしい〟場所である。そこで、さらに次のような伝説が続く。すなわち源頼光（九四八〜一〇二一）の家来渡辺綱（九五三〜一〇二五）に、酒呑童子の配下「茨城童子」が、ここで腕を切り落とされ、その時、綱の持っていたのが「鬼切丸」（北野神社所蔵）といわれている、そして、綱の叔母に化けて綱の館にやって来て奪い返すという芝居が有名である。

さらに堀川通を上がって今出川通との交差点北西角に「鶴屋吉信」という京菓子店がある。二階の茶房でいただく夏は「葛切り」、冬は「お汁粉」は京都の甘味処の代表といえよう。

堀川通を一気に五条通との交差点を下がると西側に「西本願寺」が見えてくる。云わずと知れた浄土真宗本願寺派の本山（本寺は一万余寺）である。元来、宗祖親鸞（一一七三～一二六二）以来、各地を点々とした（東山、山科、大阪など）本願寺は、天正一四（一五九一）年、秀吉の寺領寄進で、この地に寺基を固めた。文禄元（一五九二）年一一世顕如（一五四三～一五九二）上人が没し、長男教如（一五五八～一六一四）上人が継いだが、秀吉の命令で三男准如（一五七七～一六三一）上人に譲った。しかし、徳川家康によって教如上人は慶長七（一六〇二）年に烏丸七条に寺領を与えられ、本願寺を別立したので、従来の本願寺を西本願寺（京都人は〝お西さん〟と呼ぶ）、新たな本願寺を東本願寺（京都人は〝お東さん〟と呼ぶ）、と称するようになった。「本堂」（本尊は阿弥陀如来）、「御影堂」（宗祖親鸞を祀る）は威容を誇る。また境内には、「対面所」「白書院」（国宝）、「黒書院」（国宝）（狩野探幽の障壁画がある）、さらに北能舞台（天正九（一五八一）年）（国宝）や南能舞台がある。有名なのは「唐門」（国宝）で、素晴らしい木彫の装飾は〝一日中観ていても飽きない〟というので「日暮門」ともいわれる。さて、この寺で見逃してはいけないのが、境内の南東にある名庭「滴翠園」に建つ「飛雲閣」（国宝）である。「金閣」、「銀閣」と並んで〝京の三閣〟と呼ばれる三層の木造名建築である。元々は「聚楽第」（秀吉と豊臣秀次の京都における居城）の遺構といわれている。庭も建物も実に瀟灑な佇まいで、是非一見されたい。

2　堀川通から東へ行って次に南北を貫く大路は烏丸通である。平安時代は「烏丸小路」と呼ばれていた。何故に烏丸通と呼ぶかについては、この辺には鴨川の支流があって、その河原〝（カワラ）のス〟に出来た道ということで〝カラス（マ）通〟と名付けれた、と伝えられている。烏丸北大路の南西には東本願寺が経営する「大谷大学」があり、烏丸今出川の北東に同志社大学がある。この交差点から少し上がった西側に「俵屋吉富」という和菓子屋がある。「雲龍」という〝棹物〟が有名であるが、私は色とりどりの干菓子が好きで、よく〝お使い物〟にしている。

さて、烏丸今出川から烏丸丸太町までの間の東側は「京都御所」で明治時代まで皇居であった。もっとも、平安時代からではなく、平安京の「大内裏」（皇居）は、もっと南西にあった。しかし、何度も火災に合い（時には放火もあった）、ついに、皇后の実家（「里内裏」）に天皇が住むようになり、元弘元（一三三一）年九月、光厳（一三一三～一三六四）天皇（北朝）が即位して土御門東洞院殿（里内裏）を皇居とし、明徳三（一三九二）年南北朝が統一され、ここに皇居が固定された。これが現在の「京都御所」である。もっとも、建物は、その後も、幾度となく火災で焼失し再建された。中でも特記すべきは天明の大火（一七八八年一月三十日）である。北は鞍馬口通、南は五条通、東は鴨川、西は千本通に囲まれた京都の中心部の殆どが焼き尽くされた。勿論、御所も焼失した。この時の天皇が光格天皇（一七七一～一八四〇）である。この天皇は、後桃園天皇（一七五二～一七七九）に子がなかったので、閑院宮典仁親王（一七三三～一七九四）の第六皇子であったところ、天皇の養子となって、即位した。そこで、特に〝天皇とは如何にあるべきか〟を真剣に問い、勿論、「禁中並公家諸法度」も読まれた。これは、徳川家康によって定められた法（一六一五（元和一年）で、朝廷を政治権力から切り離すのが目的であった（金地院伝（一五六九～一六三三）起草）。そして、その第一章で、〝天皇は学問と和歌を嗜み、「禁秘抄」などを読んで「有識故実」を習学するよう〟に記されていた。「禁秘抄」（「禁中抄」）とは、順徳天皇（一一九七～一二四二）が承久三（一二二一）年頃に書かれたもので、「紫宸殿」や「清涼殿」、さらに天皇の諸行事などについて書かれていて、特に諸々の「新儀」（新しい儀式、行事）の誤りを指摘し、「旧儀」（古くからの儀式、古式）の廃絶を嘆いておられる、というものである。そこで、光格天皇は、「旧儀」に基づいて御所の再建を幕府（老中首座松平定信（一七五八～一八二九））に要請された。しかし、当時、天明の大飢饉（一七八二～一七八八）（享保の大飢饉（享保一七（一七三二）年、天保の大飢饉（天保四～七（一八三〇～四四）年、と合わせて江戸の三大飢饉と言われる）に見舞われ、各地で〝打ち壊し〟が続出した。さらに天明六（一七八六）年には江戸にも大火災が起きていた。そこで、幕府としては、質素倹約令を出し天明七（一七八七）年、幕府財政再建をはかっていた（寛政の改革（天明七（一七八七）年から寛政五（一八九三）年）。享保の改革（享保元（一七一六）年から延享二（一七四五）年）、天保の改革（天保一二（一八四一）年から天保一四（一八四三）年）と合わせて江戸の三大改革といわれている）。したがって、多額の費用を必要とする形での御所再建を渋った。そこで、天皇は先の〝禁中諸法度〟を持ちだし、〝家康が「禁秘抄」を読め、といっているのは、「旧儀」を重ぜよといっているのであるから、幕府は家康の命に反するつもりか〟と、幕府に迫った。幕府としても「東照神君」の名前を出されては反対できず、さらに、こういう時こそ、幕府の〝力〟を示す機会でもあると「平安京内裏」復元のつもりで再建した（「寛政御造営」）。寛政二（一七九〇）一一月二二日完成）。もっとも、この建物は嘉永七（一八五四）年四月六日に御所から失火して焼失し、今度は老中阿部正弘（一八一九～一八五七）が奉行となって、「寛政御造宮」に倣って「旧儀」に基づいて、安政二（一八五五）年一一月二三日再建した。これが現在の建物である。ところで、光格天皇は、もう一つ幕府に申し入れられたことがある。それは、実父典仁親王に「太上天皇」の尊号を贈りたいということであった（寛政元（一七八九）年二月）。これに対しては、幕府は〝皇統を継がない者で尊号を受けるのは皇位を私するもの〟と拒否し、関係した公家達が処罰された。天皇は痛憤されたが、幕府に服した。このことが、朝廷と幕府の間に重大な〝しこり〟を残したといわれている。このこともあってか、光格天皇は後に譲位（文化一四（一八一七）年）された。そこで、第四皇子の仁孝天皇（一八〇〇～一八四六）が即位された。次いで孝明、明治（明治一七（一八八四）年に典仁親王に「慶光天皇」の尊号が追贈された）、大正、昭和、平成と続いた。そして平成天皇が譲位を希望されれ「皇室典範」には譲位の定めがなかったので、直近の例として光格天皇の譲位のことが調査されたとのことである。

なお、光格天皇の御陵は、歴代天皇の御陵がある京都市東山区今熊野泉山町にあるが、御尊牌はご遺言により、閑院宮家の菩提寺である「廬山寺」に奉られている。

ところで、今は明治維新によって天皇と公家達（冷泉家を除いて）が東京へ移ったので、明治一〇～一一（一八七七～一八七八）年に跡地を整備し、周囲を石垣で囲んで「京都御苑」とした。

烏丸丸太町を下がると、東に「京都新聞社」、西に「京都商工会議所」（平成一九年三月、室町通りに移転した）、さらに烏丸御池を下がると各銀行の京都支店が立ち並び、烏丸五条までは京都の

「ビジネス街」である。そこを下がると西側に東本願寺（浄土真宗大谷派本山。末寺九〇〇〇余寺）がある。ここも「阿弥陀堂」（本堂。阿弥陀如来を祀る）と巨大な「御影堂」（宗祖親鸞を祀る）が中心であるが、境内には「大寝殿」、「白書院」、「黒書院」などがある。

烏丸通の〝突き当り〟は京都駅である。駅を降り立つと駅の北の正面に「京都タワー」が聳え立つ。建築家〝山田守（一八九四～一九六六）〟の設計になり昭和三九（一九六四）年に建てられた。もっとも当初は評判が悪く、〝この塔に昇っているときが一番美しい（塔が見えないから）〟と皮肉をいわれた（私も或る実業家で文化人の人物から直接に聞いた）。もっとも、パリのエッフェル塔も当初は酷評されたそうだが、今や両塔とも街のシンボルとなっている（私自身は、エッフェル塔に軍配を挙げる）。

3　烏丸通から東へ行って次に南北を貫く大路は河原町通である。鴨川の西岸の河原に通っていたためである。

河原町今出川を下がった東側にあるのが京都府立医科大学であり、さらに下がって河原町御池から河原町四条までの間は京都一の繁華街であったが、今は人通りも多くない。わずかに河原町四条の南西角に「高島屋」があって、人の出入りが多いのが救いである。

河原町五条を下がっていくと西側に「枳殻邸」（かつて枳殻樹で囲われていた）がある。正式には「渉成園」（陶淵明の「園日渉而成趣」から）といい、東本願寺の別邸がある。敷地は二〇〇m四方の正方形で美しい庭と池亭があり、それぞれの場所の美景を称えて「渉成園一三景」と呼ばれている。昔、私も、或る高名な弁護士が、ここで催された宴会に招待されて入ったことがある。名庭名建築もさることながら、宴席では「越乃寒梅」をはじめ各地の銘酒を出され、山海の珍味を振る舞われた。中でも驚いたのは「鮒ずし」である。一般に「鮒ずし」といえば赤茶色ですごい臭気がするが、ここで出された鮒ずしは白くて臭気が殆どなく、実に美味しかったのを覚えている。何分にも〝食い意地〟の張った私としては「枳殻邸」といえば、この鮒ずしを想い出すのである。

〝食い意地〟の張ったところで、もう一つ。河原町今出川を少し上がった西側に「ふたば」という和菓子屋がある。名物は「豆大福」であるが、「桜餅」、「うぐいす餅」、「あんころ（こしあん、つぶあん）餅」「水無月」等等いずれを取っても一流の味で、しかも安い。だから、連日、開店と同時に客が押し寄せ、歩道に二重三重の列が出来る。次々と店の奥から出来立ての菓子が店頭に並ぶが、昼前に殆ど売り切れてしまう。正に我々庶民にとっては京都随一の和菓子屋である。

4　鴨川東岸を南北に貫く大通りが「川端通」である。その今出川通との交差点を少し上がったところに「京福電鉄（大阪へ行く「京阪電鉄」の地下鉄駅もある）」の「出町柳」駅がある。ここから比叡山や鞍馬方面へ電車が出ている。京都の北部観光の拠点である。川端通の名所は「南座」である。四条通との交差点南東角である。江戸時代には北側に「北座」があった。今は小物屋になっている。それはともかく、明治三九（一九〇六）年、松竹合名会社（白井松次郎と大谷竹次郎という双子の兄弟の会社）が買収し、近年（二〇一八年）改装成って、一一月には高麗屋の三代襲名、一二月には恒例の顔見世興行が行われた。元来は、このような歌舞伎小屋であったが、現在は歌舞伎より松竹新喜劇や歌謡ショーの方が多く上演されている。それも止むを得ないことである。第一、名優がいなくなったこと（残っているのは玉三郎、仁左衛門位である）や演目が理解されないことや目新しいことをやってもグループ・アイドルのショーには到底敵わないからである。

5　川端通を越してさらに東へ行くと、大きな南北の道は「東大路」である。文字通り現在の京都市街の東の端の大通である。ここの名所はまず、今出川通との交差点南東にある「和恩寺」（〝本名〟「長徳山功徳院」。浄土宗）。境内には「御影堂」、「阿弥陀堂」、「本堂（釈迦堂）」など十の建物があり、他に「善道院」「瑞林院」などの寺院が立ち並ぶ。その南向かい側にあるのが時計台を中心にした京都大学本部がある（文学部、教育学部、法学部、経済学部の校舎もある）。その南側に一条通をはさんで京都大学教養部の校舎（旧第三高等学校校舎）がある。その一条通を東へ行くと「吉田神社」がある。これは奈良の春日神社（藤原氏の氏神）の分社である。毎年二月二、三、四日の「節分会」のときは東一条交差点から東へ京大前を経て吉田神社参道の両側に屋台の店が並び大変な混雑で、京大への通学通勤は別の入口を使わざる得ない状態になる。

この東一条の交差点を医学部エリアの北壁を沿って西へ少し行ったところに「シラン」というレストランがある。手頃な値段で美味しいフランス料理を出してくれる。京大の先生方愛用のレストランで、ノーベル賞受賞の先生方も良く来られて、中にはワインをキープしておかれる方もいらっしゃる。

さて、東大路を南へ下がっていくと二条通との交差点に至る。これを東へ行くと「平安神宮（明治二八（一八九五）年建立）、「京都市美術館」（昭和八（一九三三）年）、「国立近代美術館」、「京都市動物園」などのアミューズメント・エリアに至る。ここは、明治期に都が東京に移り、京都が廃れてしまったのを復興しようというので、明治二八（一八九五）年に「第四回国内勧業博覧会」を開いた跡地で、しかも京都を産業の一大拠点にしようというので、琵琶湖から水をひいて（疏水）「水力発電所」を作った場所であった。

さらに南へ下がると古門前通そして新門前通との交差点に次々と出会う。それを東へ行くと浄土宗総本山（末寺七〇〇〇余）「和恩院」（〝本名〟は「華頂山大谷寺知恩院」）に行き着く。宗祖法然（一一三三〜一二一二）がここに住んで入寂した（「吉水」）とされ、幾つかの「房」が築かれたが、その後、荒廃復興を繰り返し、現在の偉容は江戸時代に入ってから出来た。それは、三河以来、浄土宗を信仰していた徳川家康が慶長八（一六〇三）年、征夷大将軍に任官し、知恩院を徳川家の菩提寺と定め、「御影堂」（本堂）、「衆会堂」、「方丈」、「庫裏」など二十余の塔頭が建設された。私もよくお参りしたものである、本堂の軒に「忘れ傘」が金網の中に見られる。これは工事に参加した「左甚五郎（一五九四〜一六五一）」が忘れて行った傘と伝えられ、いかにも観光名所らしい。

さらに東大路を下がって四条通との交差点東は八坂神社（〝祇園さん〟と呼ばれている）である。祭神は「素戔嗚尊」である。ここの行事は「祇園祭」として、あまりにも有名である（日本の三大祭の一つ）。七月一七日に〝前の祭り〟、七月二四日に〝後の祭り〟と呼んで、「山」や「鉾」が隊列を組んで都大通を練り動く。その囃子（祇園囃子）を聞くと、京都人ならずとも心浮き浮きとなる。

東大路と五条通の交差点の手前に東へ向かう「清水坂」がある。登り詰めれば、いわずと知れた「清水寺」（〝本名〟、「音羽山清水寺」）がある。京都一（いや、ひょっとすると日本一）の観光名所として数多くの観光客が毎日殺到している。たしかに「本堂」（懸け造り）の「舞台」からの展望は素晴らしいものである。〝清水の舞台から飛び降りたつもり〟（〝思い切って〟）という科白は今でも通用しているのも肯ける。

東大路と七条との交差点東側にある寺が「智積院」、西側にあるのが「京都国立博物館」である。「智積院」（〝本名〟、「五百仏頂山智積院」）は真言宗智山派総本山である。現在の「智積院」は豊臣秀吉の子「鶴丸」が幼くして死去したので、その葬儀と追悼のために建てられた（文禄二（一五九三）年）「祥雲寺」が基礎となっている。この寺で見るべきは長谷川等伯の「楓に萩の秋草」と息子長谷川久蔵の「桜図」の障壁画である。桃山期の秀吉好みの〝絢爛豪華〟の一語に尽きる。ただ、等伯は、晩年、水墨画の日本における最高傑作とされる「松林図屏風」を書いている（その対比がまた興味深い）。

「京都国立博物館」は、明治維新後の廃仏稀釈によって、奈良、京都の文化財が危機的状況にあったので、保護のために明治三〇（一八九七）年に開館した。近時は「琳派展」や「京のかたな展」など世間の耳目を集める企画展が次々に開かれ、今や一大観光スポットになっている。

七条通をはさんでその南向かい側にあるのが「三十三間堂」である（〝本名〟、「蓮華王院」。天台宗）。約一二〇ｍの長大な堂内には、千一体の観音様や二十八部衆や風神雷神像などが〝ビッシリ〟と立ち並び壮観である。何せ、平清盛（一一一八〜一一八一）が後白河法皇（一一二七〜一一九二）にプレゼントするために長寛二（一一六四）年に建てた寺である。我々の贈答品とは〝ケタ〟が違う。日宋貿易の〝上がり〟が如何に大きかったかが解る。

まるたけえびす

京都の通り名を憶えるための有名な童歌がある。

まる　たけ　えびす　に
おし　おいけ

あね　さん　ろっかく　たこ　にしき
し　あや　ぶっ　たか　まつ　まん　ごじょう
せきだ　ちゃらちゃら　うおのたな
ろくじょう　しち（ひっ）ちょうとおりすぎ
はちじょう（はっちょう）こえれば　とうじみち
くじょうおおじでとどめさす

その意味はこうである。

丸（丸太町通）　竹（竹屋町通）　夷（夷川通）　二（二条通）
押（押小路通）　御池（御池通）
姉（姉小路通）　三（三条通）　六角（六角通）　蛸（蛸薬師通）　錦（錦小路通）
四（四条通）　綾（綾小路通）　仏（仏光寺通）　高（高辻通）　松（松原通）　万（万寿寺通）　五
条（五条通）
雪駄（雪駄（踏）屋町通＝楊梅道）　ちゃらちゃら（鍵屋町通）　魚の棚（魚の棚通）
六条（六条通）　七条（七条通）
八条（通）　東寺路
九条大路

ということで、京都を東西に貫く丸太町以南の主だった道路の名前である。

さて、「丸太町通」は堀川通との交差点の西側に多くの材木問屋があって丸太が置かれていたので、「丸太町通」と名付けられたという。平安京時代は「春日小路（かすがしょうじ）」と呼ばれていた。推測するに、天皇をはじめ藤原一族が、この小路を西へ行って南へ下がると、奈良の春日神社（藤原氏の氏神）から平安京へ移って祀られた氏神（「大原野神社」）に詣で、また、この小路を東へ行って東大路を少し上がると前述の春日神社の末社の「吉田神社」に詣でたことに由来するのではないだろうか。この丸太町通の交差点を少し西に行った南側にかつて「御菓子司　植村義次」という看板の上がった「洲浜」菓子屋があった。「洲浜」とは水飴、大豆粉、白砂糖などで作られた干菓子（元来、竹を用いて〃洲浜〃の形にしてあった）で、この店の「洲浜」は大きめの大豆の形にして緑と黄色の干菓子で美味しくて上品な味がするので、この一品だけを商い、店が成り立っていた。母、私、娘と三代にわたって、茶会や〃お使い物〃に愛用させていただいた。後には〃押し物〃も売り出しておられたが、代替わりして「カフェ　すはま」と看板が変わり、コーヒーと洲浜菓子を出して下さり、これがまた良く合うのは不思議である。なお「御菓子司」というのは御所へ出入が許された〃お菓子屋〃という意味であった。

ところで、丸太町通の東端の突き当りは鹿ヶ谷通とT字路になっている。その北西角に「泉屋博古館」がある。元住友別邸で、元来、住友家は別子銅山で財を成し、それに因んで中国の青銅器を収集し、世界屈指のコレクションを、この博物館に収蔵している。また、東山を望む広大な庭は大いなる〃ご馳走〃である。是非一度訪問されることをお勧めする。

「竹屋町通」は竹屋が軒を並べていたことに由来するが、今は見かけない。

「夷川通」は天正年間以前に「夷川」という小さく短い川が近くに流れていたことに由来する。烏丸通より東は、明治以降、家具街である。

「二条通」は平安京時代の「二条大路」にほぼ一致する。烏丸通より東は薬問屋街である。

「御池通」は現在の京都市街において最も道幅が広く東西を結ぶ一大幹線道路となっている。名前の由来は諸説あるが、「神泉苑」（空海が雨乞いの祈祷をした処。今も庭に池がある）に由来するというのが有力である。

「三条通」は東へ行くと鴨川にかかる「三条大橋」がある。「東海道五十三次」の終点であり、この近辺は江戸時代から針屋の「みすや針」をはじめ、多くの土産物店や旅館が立ち並んでいた。現在旅館は殆ど無く、「池田屋事件」で有名な「池田屋」跡地には石碑が立っている。

「六角通」は烏丸通より東へ少し入ると「六角堂」（六角形の本堂。「紫雲山頂法寺」）がある。平安中期に創建された天台宗の寺であったが、鎌倉初期に親鸞上人が百日間籠ったところ、観音様が現れて、色欲を肯定して下さり、浄土真宗が僧の妻帯を許す原因となったとされる。さらに中世には下京町衆の集会所となっていた。さらに室町時代には当寺の住職が「立花」をはじめ、特に池坊専好（?～元和元（一六二一）年）がそれを大成し、これが現代の日本における「生け花」の最大の流派「池坊流」の始まりである。

「蛸薬師通」は通りの東の端にある「蛸薬師堂」（〝本名〟、「妙心寺」）に由来する。病母のために僧が蛸を買ったところ、僧が活魚を持っているのを、町人に非難されたので、ここの薬師如来（石造）に祈ったところ、蛸が「薬師経」に〝変身〟したという伝説で、「蛸薬師」と呼ばれて、庶民信仰の対象地となった。

「錦小路通」は烏丸通との交差点を東へ行った辺りに江戸時代から市場が開け、現在も京都の食料品市場である。名前の由来は「四条通」の南に「綾小路通」があるので、「四条通」の北にある小路を「錦小路通」と名付けた、と「宇治拾得物語」にある。江戸時代は、ここにあった〝八百屋〟の主人に、かの伊藤若沖（一七一六〜一八〇〇）がいた。

「四条通」は平安京の「四条大路」にほぼ該当する。烏丸通との交差点以東は現在も京都の一大繁華街で東の突き当りが、前述の八坂神社で、この「四条通」が「祇園祭」の中心である。

「仏光寺通」は烏丸通との交差点を東へ少し行ったところに「仏光寺」（〝本名〟、「澁谷山仏光寺」。真宗仏光寺派本山）があるので、この名が付いた。

「万寿寺通」は柳馬場通との交差点を西に入ったところに、かつて禅宗五山の一つである万寿寺があったのが名前の由来である。現在、万寿寺は東福寺山内に移って塔頭の一つとなっている。

「五条通」の鴨川に掛かる「五条大橋」は牛若丸（義経）（一一五九〜一一八九）と弁慶の出会の場所として有名で、橋の袂に両者の石像が建立してある。もっとも、弁慶は実在人物でないが（水戸光圀）の「大日本史」で明らかとなった）、楽しい物語である。

「雪駄（踏）屋通」は、本来、「楊桶（やなぎとう）通」というが、この辺に、「雪駄屋」があったからとされている。

「鍵屋町通」も、この辺りに「鍵屋」があったからとされている。

「六条通」と「七条通」と「八条通」は平安京の「六条大路」と「七条大路」と「八条大路」にほぼ該当する。

「東寺通」は「東寺」（〝本名〟「教王護国寺」。本尊は薬師如来）の北側の道である。

当寺は、かの空海が弘仁一四（八二三）年に嵯峨天皇から大賜されて以来、真言密教の根本霊場となった。境内には、多くの国宝や重要文化財がある。堂塔は、たびたび火災にあったが、その度に再建され、平安、鎌倉、室町、安土桃山、江戸など各時代の建物が残っている。特に日本一高い「五重塔」は寛永一二（一六三五）年焼失後、徳川家光によって建てられた。慶応四（一八六八）年一月三日、討幕軍の〝大将〟西郷隆盛が、この塔に登って、「鳥羽伏見の戦い」で幕府軍が敗北するのを見ていた、というのも歴史の〝皮肉〟である。

第二部　法の諸々

反制定法的解釈について

第一　本稿の目的

一、私法の一般法たる民法には法定利率の定めはあるが（同法第四〇四条）、約定利率については公序良俗違反（民法第九〇条）でない限り、上限の定めはない（契約自由の原則）。そこで、経済的弱者保護のために、特別法として利息制限法（以下、本法）が定められている。その規定は次の如くである。

第一条　①金銭を目的とする消費貸借における利息の契約は、その利息が次の各号に掲げる場合に応じ当該各号に定める利率により計算した金額を超えるときは、その超過部分について、無効とする。

一　元本が十万円未満の場合　　年二割
二　元本が十万円以上百万円未満の場合　　年一割八分

三　元本が百万円以上の場合　　年一割五分

②債務者は、前項の超過部分を任意に支払ったときは、同項の規定にかかわらず、その返還を請求することはできない（平成一八（二〇〇六）年法第一一五号により削除）。

第二条　利息の天引きをした場合において、天引額が債務者の受領額を元本として前条（第一項）に規定する利率により計算した金額を超えるときは、その超過部分は、元本の支払に充てたものとみなす。

第三条（省略）。

第四条　①金銭を目的とする消費貸借上の債務の不履行による賠償額の予定は、その賠償額の元本に対する割合が第一条第一項に規定する率の二倍を超えるときは、その超過部分について、無効とする（平成一一（一九九九）年法第一五五号による改正前）。

②第一条第二項の規定は、債務者が前項の超過部分を任意に支払った場合に準用する（平成一八（二〇〇六）年法第一一五号により削除）。

③（省略）。

二、以上のように第一条第二項（以下、本条項）は（第四条第二項も）、平成一八（二〇〇六）年に削除されている。その契機となったのは最大判昭和四三年一一月一三日民集二二・一二・二五二六（以下、最大判）である。そこで、この最大判と、それに至る有名な二つの判決を合わせて分析し、その当否を検証しようというのが本稿の目的である。(1)

第二　判例の流れ

一、まず、簡単な設例をもって始めよう。AがBから五万円を年四割で二年後に返すという契約で五万円を受け取った。そして一年後に二万円の利息を支払ったとする。このとき、改正前の本法第一条第一項によれば、利率二割分したがって一万円の利息が超過利息となる。本条項によって超過利息一万円を返せ！　とは請求できないが、これを元本五万円の支払いに充てることはできないだろうか（元本の内金として充当する）。これに対して、最大判昭和三七・六・一三民集一六・七・一三四〇は〝本条項は返還請求を認めていないのに元本充当を認めると結果において返還を受けたのと同一の経済的利益を生ずることになる〟として九対五の多数決によって「元本充当説」を否定した（五人の裁判官は元本充当説を支持したのである）(2)。そして、わずか二年後（否定説のうち四人が、肯定説のうち一人が退官していた）、最大判昭和三九・一一・一八民集一八・九・一八六八は〝本法第一条第一項により、超過利息の支払は無効であり、その部分の債務は不存在である。したがって、その弁済は効力を生せず、元本が残存するときは民法第四九一条（法定充当）によって充当される。こう解することは経済的弱者保護を目的とする本法の立法趣旨に合致する〟と述べて、一〇対四の多数決で判例変更し元本充当説が勝利した。

二、この流れを受けて下されたものが最大判である。以上の設例において、元本充当説を知らずAが二年後に約定通り利息として二万円、元本として五万円、合計七万円を支払ったとする。しかし、すでに一年目で元本は四万円となっている。したがって、二年目にAが支払うべきは元本として四万円、制限内の利息として一万六千円であり、合計五万六千円であるから、一万四千円の過払いとなる。Ａはそれの返還請求ができるか、というのが最大判のテーマである。最大判は〝元本債権が存在しないところに利息は発生しないから利息制限法の適用はなく民法の不当利得法によって返還請求できる〟と述べて[3]一二対三の多数決で返還請求を認めた。

このように本条項は「空文化」され（反制定法解釈）、適用範囲を失って平成一八（二〇〇六）年に削除されたのである。

第三　最大判への疑問

一、（1）最大判の法解釈は果たして妥当であろうか。まず法解釈の原点に立ち返ろう。

そもそも、法とは言語形態である。言語とは発信者の〝意思〟を受信者に伝える手段である。したがって、法は立法者の〝意思〟を国民に伝達する手段なのである。そして、法律の立法者とは国会である（憲法第四一条）。その国会において法律案が異議なく可決されると、国会は法律案作成者の〝意思〟を承認したのであるから、法律案作成者の〝意思〟が国会の〝意思〟ということになる。そこで、国会は本条項案を修正することなく可決したのだから（第一九回衆議院会議録第四三号（昭和二九・四・三〇）六一頁、第一九回参議院会議録第四一号（昭和二九・五・六）六三頁）、本条項案を採用した法務委員会（国会法第四一第二項第三号）の「意思」を国会の「意思」（立法者意思）として承認したのである。

（2）本条項原案の作成者の意思は次の如くである。「限度内の利息の支払いに充てて、なおそれ以上に支払ってもよろしいが、それは法定レートによって元本に入っていくということになりますので、この二項が実際に問題になりますのは、元利金を支払ってしまったあとになって、実はあの支払額は限度を超えた率を支払ったものであるということを理由として、債務者の方から返還請求をすることができるかという場合に、実益のある規定なんでありまして」と述べ、また「元本も残っていない場合に過払いがあるということで返還の請求ができるかという問題ですと、これは第一条の第二項で返還の請求はできないということにいたしたのでありますす」と述べている（第一九回衆議院法務委員会議事録第二八号（昭和二九・三・二六）五、九頁）[4]。そして、法務委員会において本条項原案を修正することなく採用したのだから（第一九回衆議院法務委員会議事録第四七号（昭和二九・四・二八）一頁、第一九回参議院法務委員会議事録第二九号（昭和二九・五・一）二頁）、右の本条項原案作成者の「意思」が法務委員会の「意思」であり、それが、前述のように国会の「意思」（立法者意思）となったのである。

二、したがって、本条項の立法者意思は元本充当説を前提として元本債権（利息債権も）存在しなくなった後に本条項が適用されるというものであった。ここで忘れてはならない一大法原則がある。それは〝特別法は一般法に優先する〟[5]という法原則である。したがって、特別法たる本条項は一般法たる民法第七〇三条に優先するのである[6]。

もっとも、最大判の目指したところは経済的弱者たる債務者の財産権保護ということである。ならば、〝率直〟に、そのことを表明すればよかったのである。(7) すなわち、本条項は債務者の財産権を侵害するから憲法第二九条第一項に違反し違憲である（憲法第八一条）といえばよいのである（勿論まず当事者が主張すべきである）。(8)

そうすれば「反制定法的解釈」とは「民法典その他の制定法のある条文の規定内容に反するが形式上その条文と直接には関係のない形で論理的に成立可能な構成を与えられた解釈」といった迂回で難解な定義は不要であって、「制定法に反した解釈」すなわち「制定法の適用を否定する解釈」と簡明な定義になる。(9)

第四　結びに代えて

一、以上の最大判に見るように疑義のある法理が展開されたのは、実務家の責任ではない。それは、有効な解釈提案をしてこなかった日本民法学界の責任である。「わが国の法解釈学は」「何でも言えるから何でもある。何でも言えばそれは一応解釈論として成り立つ」正に「融通無碍法学」であると〝揶揄〟されてからでも早や四〇年、(10) 未だに法解釈方法論は確立されておらず、(11) 特に立法者意思についての共通の認識もない。その原因は、法解釈方法自体にも法的根拠が必要である（憲法第七六条第三項）ということを考慮に入れていないことにある。

二、ところで、そもそも、何故に法解釈方法自体に法的根拠が求められるのか？　それは裁判官が裁判三段論法の大前提「法の存在の確定」のために法解釈をする必要があり、その作業も当然憲法

第七六条第三項によって法的根拠が必要だからである。その法的根拠の概要は次の如くである。まず、法解釈が価値判断であるから（これを「実体的意義」と名付ける）、当然、その判断「基準」が必要である。第一基準は、前述のように憲法第四一条に基づく「立法者意思」である。第二基準は、憲法第九九条（裁判官の憲法尊重擁護義務）に基づく「法目的」（例えば、大連判明治四一（一九〇八）・一二・一五民録一四・一二七六）である。第三基準は、同じく憲法第九九条に基づく「歴史的変化」（例えば、「大学湯事件」（大判大正一四（一九二五）・一一・二八民集四・六七〇）である。第四基準は、憲法第八一条に基づく「合憲性」（例えば、最大決平成二五（二〇一三）・九・四民集六七・六・一三二〇。「歴史的変化」も）である。そして、具体的訴訟において、いずれの価値基準を採用するのかを決するのが憲法第七六条第三項の「良心」（職業的・客観的良心）である。ここにおける「良心」とは勿論〝賄賂〟などを貰って不正な裁判をしない（五十嵐清説）ということも含まれるが、裁判においては常に「良心」が働くのであって、例えば、〝原発〟の耐震基準が一般住宅のそれよりも低いと分かれば、出世を棒に振るのは、勿論、左遷も覚悟の上で、〝原発〟停止の裁判をするのは「良心」以外の何物でもない。

三、次に、その価値判断を「言語」をもって公表することが憲法第三二条（〝論理に適った納得できる裁判〟）と憲法第八二条第一項（〝国民からの批判に耐え得る裁判〟）によって、求められる。これを憲法第七六条第三項の「手続法的意義」と名付ける。それが「法文内解釈」と「法文外解釈」そして「反制定法的解釈」である。

（1）法文内解釈には、次のものがある。
①「文言（文理）解釈」＝立法者意思通りに適用範囲を確定する解釈。
②「宣言的解釈」＝立法者意思が不明あるいは抽象的であるとき裁判所が具体的事件において「法目的」や「歴史的変化」（例えば判例変更）をもって意味を明確化具体化して法文の適用範囲を〝宣言〟する解釈。
③「拡大（拡張）解釈」＝言語の意味が許容する範囲内で「法目的」や「歴史的変化」をもって立法者意思より広い適用範囲を確定する解釈。
④「縮小解釈」＝「法目的」や「歴史的変化」をもって立法者意思よりも狭く適用範囲を確定する解釈。そして特に「法目的」による縮小解釈を「目的論的制限解釈（teleologische Reduktion）」という。
（2）法文外解釈には次のものがある。
①「反対解釈」＝当該法文を「法文内解釈」して、それに当てはまらないところは「法の空白」として当該法文を適用しないという解釈。
②「類推解釈」＝立法者意思によって法文が予定している事件とは異なるが「法目的」から見て、事件の〝類似性により〟〝類似〟した法律効果を認めるべきとき、言語の意味が許容する範囲を越えて適用範囲を定める解釈。
③「勿論解釈」＝β事件に適用し得る法文は存在しないが、β事件と類似したα事件に適用し得る

法文が存在し、しかも、より強い理由で（したがって勿論）、β事件にも適用すべきときβ事件に適用するという解釈。類推解釈に似ているが、刑事事件においては、「類似解釈」は禁止されるが、「勿論解釈」は許されるという実益がある（例えば最判昭和三五（一九六五）・七・一四刑集一四・九・一一三九）。

（3）反制定法的解釈は前述の通りである。

今や債権法大改正が行われ、新たな解釈論が展開されるべき時、早急に解釈方法論確立の作業が行われることを切望する。

（1） この点については、亀本洋『法哲学』（成文堂、二〇一一年）三四頁に優れた分析がある。

（2） 最大判昭和三七年を受けて開かれた座談会において石本雅男（元本充当説）が〝元本債権がなくなったが超過利息分として払った分が残っているとき〟こそ〝本条項が問題となる〟としている（〝債権者に帰属するのも仕方ないか〟）民商四七・二・二六四。

（3） この法解釈は次のように説明されている。①超過利息債務は無効だから「不存在」②債務不存在だから利息としての指定（民法第四八八条）は無意味③指定がないのと同じだから民法第四九一条による法定充当④制限内利息と元本に充当しても、なお過払いがあると①で超過利息債務は不存在だから「利息の過払いではない⑤本条項は適用されないから返還請求できる（高橋眞『判例分析による民法解釈入門』（成文堂、二〇一八年）四一頁）。なお、不法原因給付（民法第七〇八条）という点からいえば、債務者の方が不法性は〝きわめて微弱〟といえよう（窪田充見編『新注釈民法（一五）』（有斐閣、二〇一七年）二二二頁（川角由和））。

（4） 横田喜三郎裁判官が熱く語るところである（民集一六・七・一三四七）。

（5）　我妻栄『新訂　民法総則　民法講義Ⅰ』（岩波書店、一九六五年）二頁、四宮和夫＝能見善久『民法総則第九版』（弘文堂、二〇一八年）五頁。

（6）　そのような法理は不可能であるという批判に対しては、即死者にも慰謝料を認める法理のあることをもって反論しておこう。さらに、最大判の法理では「その支払にあたり、充当に関しては特段の指定がなされないかぎり」という条件を付けなければならないという疑問の生じる事例がある（最判昭和四四・一一・二五民集二三・一一・二一三七）。

（7）　谷口知平によれば、佐々木惣一は「法令というものはそのまま率直に理解していく、どちらかといえば、文字解釈をやっていくのがよい、それが個人の自由を保護することになる」というような考えであったとする（〝牧野英一の「自由法論」に対立する考え〟）（民商四七・二・二四一）。ここにいう「文字解釈」とは立法者意思に沿った解釈と考えるべきである。

（8）　憲法は法形式の中で最も強固な法であるから、憲法規定（例えば、憲法第四一条）を制限し得るのは憲法規定（例えば、憲法第八一条、同法第九九条）のみである。それは、丁度、ダイヤモンドを研磨できるのはダイヤモンドだけであるのに類似する。

（9）　contra legem＝〝法律（の文言）に反して〟（山田晟『改訂増補版　ドイツ法律用語辞典』（大学書林、一九九三年）一三七頁。

（10）　淡路剛久ほか「これからの民法学（座談会）」ジュリ六五五号（一九七八年）一一三頁（淡路剛久発言）。

（11）　多くの場合、法解釈は価値判断であるとしながら判断基準は不明確であり、〇〇解釈というのがある、××解釈というのがあると羅列するのみで、立法者意思については殆ど言及されていないのが現状である。

（12）　前田達明「法解釈の方法について―民法一七七条の「第三者」の範囲」（法学セミナー七六四号（二〇一八年）六〇頁。詳細は前田達明『民法学の展開』（成文堂、二〇一二年）一二頁以下、同『続民法学の展開』

（成文堂、二〇一七年）1頁以下。

（13）なお、裁判所法第一〇条も法解釈手続（仕方）についての法的根拠の一つである。

（書斎の窓六五九号（二〇一八年九月））

証明責任論争

第一　本稿の目的

証明責任の拙見（前田説という）については、これまで、本誌においても、しばしば書かせていただき、[1]諸先生方からご注目いただいた。[2]そして、この度は、松本博之先生からご高批を賜った。[3]そこで、その学思に謝する意味で、そのご高批への弁明と共に、松本先生のご見解（松本説という）

への疑問を提起させていただくのが本稿の目的である。

第二　前田説批判への弁明

一、第一批判は、Ⓐ「事実の主張がないため、当該事実の存否が不明であるということ」Ⓑ「と、その事実の主張はあるが審理の結果その存否が不明であるということ」「は基本的に同一の評価を受けるべき事態であるから、前田説を支持することはできない」とされる。まず、「基本的に同一の評価を受けるべき」という民事裁判上における価値判断の法的根拠が示されていない。[4] しかも、この前提にも疑問がある。すなわち、Ⓐ①「事実の主張がない」→②主張責任（弁論主義＝当事者主義＝私的自治原則。憲法第一三条[5]）により裁判所は「その事実」を認定できない→③法律効果不発生（通説（修正法律要件分類説）と前田説（法文の規定の仕方）。民訴法第二五三条第一項第二号、同法第二項の問題）、Ⓑ①「事実の主張はある」→②「審理の結果その存否が不明である」→③証明責任（〝結着を付けよ〟。憲法第三二条[6]）により（i）通説（修正法律要件分類説）によると裁判所は「その事実」は「存在するとは認められない」（結果として「不存在」）となり（ii）前田（純証明責任規範）説によると裁判所は「その事実」は「存在するとは認められない」（結果として「不存在」）あるいは「存在しないとは認められない」（結果として「存在」）となる（民訴法第二四七条、同法第二五三条第一項第三号の問題）。したがって、Ⓐにおいては「当該事実の存否不明」という〝中間項〟はないのである。すなわち、歴史的事実は措くとして、訴訟手続き上は〝中間項〟はないのである。

なお、ここで注意すべきは、法文は事実が「存在する」ことを前提としているから「存否不明」のときは当然に法規不適用であるという通説の考えである。しかし、法文は確実（一〇〇％）に「存在する」ことを前提としているのであり、「高度の蓋然性」（八〇％の心証度。中野貞一郎ほか・前掲書三八八頁）でよいというのは訴訟手続における〝価値判断〟である（民訴法第二四七条、同法第二四八条）。証明度が価値判断であるからこそ、近時は、「相当の蓋然性」や「優越的蓋然性」[7]で良いという有力な学説が提唱されている。すなわち、民訴法第二四七条、同法第二五三条第一項第三号の〝解釈論〟なのである。そして、「存否不明」のとき、通説のように、常に「存在するとは認められない」として「法規不適用」とするならば、そもそも「存否（真偽）不明（ノン・リケット）」と「証明責任」という法概念は不要である。[8]すなわち、〝心証度七九％以下のときは「存在するとは認められない」として法規不適用という結論を出せばよい。逆にいえば〝八〇％以上のときのみ法適用する〟といえば済むことであり、「ノン・リケット」とか「証明責任」という法概念は不要となる。しかも、この「価値判断」から論理必然的に「存在するとは認められない」という結論が導びけるのは二〇％以下の心証度の場合である。しかし、七九％以下二一％以上の心証度の場合は「存在するとは認められない」という結論は〝論理必然的〟には導き出せないのである（不当論証）。すなわち他方の「存在しないとは認められない」というのを切り捨てるという「価値判断」がなされているのである。このように「存否不明」の場合は「存」と「否」が〝共存〟していることを忘れてはならない。したがって、「存在するとは認められない」として法規不適用という「価値判断」と「不存在とは認められない」として法規適用という「価値判断」は同等に評価されるべきである（公平＝公正。民訴法第二条）。何故ならば、こう解しても憲法第三二条の要請は充足し得るからである。(9)

二、(1) 第二批判は、前田「説によれば、たとえば給付不当利得の返還請求訴訟において、給付の法律上の原因の欠缺は権利根拠要件要素として権利主張者に主張責任があるが、その証明責任は消極的要件であるためこれを争う被請求者にある（すなわち被請求者が自己の主張する法律上の原因につき証明責任を負う）のであろう」とされる。しかし、前田説は、これまで、「消極的要件」を証明責任分配基準であると提唱したことはない。法律上の原因の欠缺という法律要件要素（そして消極的要件全般）についても具体的訴訟の最終段階において、その事実の存否不明のときは、純証明責任規範によって「証明責任」が分配される。すなわち「証明責任」とは〝訴訟上一定の事実の存否が確定されないとき（「真偽不明」）、不利な裁判を受ける当事者の一方の不利益〟であり、〝いずれの当事者がこの不利益を負うかを定める〟のが「証明責任」の「分配」である。したがって、証明責任の「分配」は、優れて訴訟（手続）法上の問題であり、それは実体法とは別の「証明責任規範」（純証明責任規範説）に求めるべきである。すなわち、この問題は、証明に関することであるから、証拠法をも支配する民訴法第二条（公正＝公平、信義則）を判断基準とすべきである。そして、その分配基準は次の如くである。〝第一順位〟として憲法第一三条（基本権＝裁判を受ける権利の「公共の福祉」による制限）の要請に由来する「信義則」（民訴法第二条）に基づく具体的証明責任規範（民法第一一七条第一項など）と憲法第一四条第一項（国家機関＝裁判所によって国民＝訴訟当事者を平等＝公平に扱う）の要請に由来する「公平原則」（民訴法第二条「公正」＝公平）に基づく具体的証明責任規範（民法第三二条の二など）、〃第二順位〃として「信義則」に基づく一般的証明責任規範（民訴法第二条。例えば、禁反言、証拠隠滅など）、〃第三順位〃として「公平原則」に基づく一般的証明責任規範（民訴法二第。例えば、証明の容易さ、証拠の近さ、事実の可能性など）である（なお「信義則」に基づく証明責任規範の根底には〃信義則上この当事者に証明責任を負担させるのが公平である〃という「公平原則」の観念がある）[10]。

したがって、権利主張者に証明責任が負わされることもある。例えば、利息制限法違反事件の場合[11]、請求者は契約書などを持っている可能性もあろうし、さらに超過利息を払った領収書をもっている可能性もあるだろうし、それは契約書などの信憑性を補強する間接証拠ともなるだろうから、権利主張者に証明責任を負わせることもあるだろう。他方、民法第七〇九条の〃因果関係の存在〃は「積極的要件」であるが（松本「原則」一四一頁参照）、例えば、「医療事故」で、被告（医師）の方が証拠に近く証明が容易なこともあろうから、被告に証明責任を負わすのが妥当なこともあろう（前田「続・展開」はしがきv頁）。

（2）さらに、「そうだとすると、法律上の原因の存在につき被請求者が証明責任を負うにもかかわらず、請求者が法律上の原因の欠缺を具体的に主張できないために主張責任により敗訴することになる。このことは証明責任の帰属と主張責任の帰属は原則として一致しなければならないことを如実に示している」とされる。この文意は不明であるが、推測するに「具体的に主張できない」という点に意義があるとすれば、法律上の原因の欠缺（そして、消極的要件全般）の主張や証明は困難なことが多く前田説は証明責任を被請求者に負わすことによって請求者の救済を図っているが主張責任を負わしているから不十分である、というのであろうか。そもそも、どの程度の内容の要件事実の主張をすべきかということについては、その〝カギ〟は要件事実の機能にある。それは訴訟物を特定して裁判所が法に従って裁判をすることを可能にし、さらに相手方にとって攻撃防御の対象を明らかにする機能を有するから、それを充足する程度の〝特定〟（5のw）が必要である。[12] そして、この法律上の原因の欠缺についても、松本説が念頭におかれたであろう最判昭和五九年一二月二一日裁判集民事一四三号五〇三頁は、〝昭和五四年八月三〇日に請求者が被請求者宅で被請求者に強迫（民法第九六条）され（その具体的言動を主張するのは可能）、保険金（預金証書など）を引き渡したが取消した〟と主張するだけで法律上の原因の欠缺の要件事実としては十分である。[13] さらに、被請求者が「変更権」の主張をし請求者がそれを否定したときは、そのことを請求原因事実の主張とし得ることは当然である。他方、いわゆる侵害利得は物権的請求権との対比で考えるならば「妨害」（民法第一九八条）や「侵害」（民法第二〇〇条）が法律要件要素であるから、それに該当する要件事実を主張しなければならない（「承諾なく」）。だから、法律上の原因の欠缺においても（ある日、ある所で）請求者（甲）は被請求者（乙）に退去や撤去を要請したが乙は拒否し（今も占拠している）と主張すべきであり、それで充分である。勿論、乙は〝権原〟を主張するであろうが、甲が反論すれば、これも〝請求原因事実〟の主張といえよう。なお、念のために付言すれば、法律上の原因の欠缺に該当しそうな全ての事実の主張をしなければならない（例えば、前掲最判昭和五九年一二月二一日では〝変更権の留保はなかった〟など）ということはない[14]。すなわち、弁論に現れなければ弁論主義によって審理の対象とはならず「法律効果」に何ら影響を及ぼすものでない（「不発生」）。したがって、一つ主張しておけば請求原因として（前掲最判では「強迫」による「取消」のみ）、それで十分であり、その他は被請求者の主張（例えば変更権留保）があれば、それを否定すればよいのである（前述のように請求原因事実の主張）。

三、さらに、主張責任を尽せず敗訴することは、主張責任の所在（帰属）と証明責任の所在（帰属）が一致すべき（価値判断）であるということの法的根拠とは成り得ない。現に松本説も、この場合の主張責任については「請求者は概括的な主張」でよいとされ、別の解決案を提起されるが、その〝書き方〟は如何なるものを想定しておられるのだろうか（例えば、前記最判昭和五九年一二月二一日の場合）。

四、そもそも、法律上の原因の欠缺については、誠に多数の学説が錯綜している（吉川・前掲論文一二一頁）。その原因は、主張責任の所在と証明責任の所在が一致すべきである（しかも主張責任は証明責任から派生すべきものである）[15]という〝ドグマ〟である。しかし、この〝ドグマ〟は何ら法的根拠がないのであるから、その呪縛から解放され両責任の所在は一致する必要がないとすれば、この〝錯綜〟は氷解する。すなわち、証明責任と主張責任の分離を行えば、過失の「選択的認定」や因果関係の〝門前説〟[16]あるいは準消費貸借（民法第五八八条）の〝旧債務の存在〟、さらには、虚偽表示の第三者の善意（民法第九四条第二項）[17]などの諸問題は全て解決するのである。このように、証明責任について、その法的根拠を明らかにすれば、その機能は明らかとなり、いままで考えられてきた重過ぎる〝荷物〟から〝解放〟することができるのである。その結果、証明責任の所在は一般論として訴訟の当初から定まっている必要はなく、具体的訴訟の最終段階において「真偽不明」となったとき初めて前述の分配基準に従って定めればよいことになる。さらに、法文の改変という疑義のある作業も不要となる。

第三　要件事実について

一、松本説は「要件事実」という用語を批判される（松本「原則」三〇六頁）。しかし、ロースクール教育の目的（司法研修所教育入門）から考えて、現在の教育現場では「主要事実」よりも「要件事実」が一般的であり、多数の実体法学者は教科書に「要件事実」という用語を用いている。しかも、「法律要件に該当する具体的事実」を意味する用語としては、「主要事実」よりも「要件事実」の方が適切であろう。[18]

二、もっとも、松本説の批判の主眼は、ここにあるのではない。すなわち、証明責任の対象は「要件事実＝主要事実」ではなく、「審理の結果、事実が存否不明に終わった場合にその事実が当てはまるべき法律要件要素が実現したとも、実現しなかったとも、いずれとも判断できない隘路を解決して」裁判を可能にし「当事者の裁判を受ける権利を確保する裁判規範が証明責任となるのである」とされる。すなわち、証明責任は「事実問題を解決する法理ではなく」「法律要件要素の実現の有無についての不明を解決する制度である」とされる（松本「原則」三〇七頁）。しかし、この見解は通説の立場を否定する根拠を示しておらず、ただ〝このようにも考えられる〟というだけのことであって、云ってみれば〝引き分け〟なのである。しかも、松本説は、これを根拠として、法典の規定を反映した「証明責任規範」（実体は修正法律要件分類説）を導きこうとするために通説から批判を受けることになる。[19]

三、ここで、注目すべきは、通説を徹底した「裁判規範説」（伊藤滋夫説という）である。[20] 伊藤滋夫説のいう「裁判規範」とは「事実が訴訟上存否不明になったとき、その事実の存在を前提とする要件に基づく法律効果が発生しないものと扱うのが」「法典上妥当な結果となるような構造（形式）」の法典であり、その要件は、法典の条文を見たのみでは不明であり「法典に内在するものを解釈によって明らかにする」とされる。[21]「解釈」すなわち〝価値判断〟によって証明責任と主張責任が分配されることを自認するものである。このように「裁判規範」とは〝証明責任の分配を考慮して法典を解釈して成立する構造〟であるから、その実体は「証明責任規範」である。以上の如く、伊藤滋夫説は民訴法第二五三条第一項第二号、同条第二項「事実」と同条同項第三号「理由」と同法第二四七条の解釈にもとづくのである。

四、ところで、これまでの学説は、人は「中途半端」な根拠で利益・権利を侵害されるべきでないから「現状を変更する側に原則として証明責任が課される」という。しかし、請求者は「現状」が違法であるとして回復を求めて訴えるのであり、相手方は訴えられることにより現状が違法になるから棄却を求めて応訴するのである。しかも憲法第三二条は自力救済禁止の代償でもあるのだから、〝現状変更〟を理由に請求者に証明責任（敗訴の危険）を課すのは妥当でない。また、当事者と裁判所が努力を尽したが訴訟の最終段階で存否（真偽）不明に終わったのであるから「中途半端」ではない（いずれか確信が得られないほど双方に根拠がある[22]）。

五、さらに、「過失」が「客観的行為義務違反」（規範違反）であることは判例学説の一致するところである（立法者も同様）。そして、それを根拠づける事実を「評価根拠事実」（要件事実）とし、否定する事実を「評価障害事実」とし、前者は請求者が主張責任（証拠提出責任も）を負い、後者は被請求者が主張すれば証拠提出責任を負うのである。そして、後者の主張がなければ前者の主張だけが審理の対象となり、その事実が認められれば「過失」が認められるのであり「何らかの事実」によって（松本「解明」一五頁）過失が認められるのではない。したがって、それは「理解しがたい暴挙」（松本「解明」一六頁）ではない（当然だが、これは前田説においては、証明責任の問題ではない）。

第四　結びに代えて

一、以上の重要論点を要約しておく。そもそも、裁判三段論法において法律は大前提となるのであり、民訴法も法律であるから、民事裁判における手続きについての裁判三段論法において民訴法は大前提となる。例えば、民法の要件事実については、①（大前提＝民訴法第二五三条第一項第二号、同法第二項）民法の定める要件事実の内容（類型）を5のW（類型）に従って主張させ（主張責任の発生）それを「事実」に記載せよ、②（小前提）当事者は5のW（具体的）に従って要件事実を主張した、③（結論）当事者が5のWに従って具体的に主張した（主張責任を尽した）と判決文の「事実」に記載する（したがって、その当該具体的法文が主張責任の「具体的法的根拠」である）、となる。そして、主張責任の根拠である弁論主義は民事訴訟における原則であるから（民訴法第一五九条、同法一七九条）、当然に主張責任も民事訴訟上の道具概念である（民訴法第二五三条第一項第二号、同法第二項）[23]。さらに証明責任については、①（大前提＝民訴法第二五三条第一項第三号、同法第二四七条）八〇％以上の心証度が得られないときは証明責任を登場させ種々の基準に従って分配せよ、②（小前提）当事者と裁判所が努力を尽したが存否（真偽）不明に終わった（八〇％以上の心証度を得られなかった）、③（結論）存否（真偽）不明に終わったので「存在（真実）とは認められない」（通説）、あるいは時には「不存在（偽）とは認められない」（前田説）と判決文の「理由」に記載する、となる。

二、さて、以上の証明責任論争の要約は次の如くである。通説（修正法律要件分類説）によれば民訴法第二五三条第一項第二号、同法第二項「事実」の解釈は法文の（修正）解釈に依拠し同条同項第三号「理由」の解釈も同様であるから両解釈は一致する。伊藤滋夫説（裁判規範説）によれば同条同項第二号、同法第二項の解釈は裁判規範（実証明責任規範）の解釈に依拠し同条同項第三号の解釈も同様であるから両解釈は一致する。松本説（証明責任規範説）によれば同条同項第二号、同法第二項の解釈は修正法律要件分類説に依拠し同条同項第三号の解釈は証明責任規範（修正法律要件分類説）に依拠し両解釈は原則として一致する。前田説（純証明責任規範説）は同条同項第二号、同法第二項の解釈は法文の規定に依拠し同条同項第三号の解釈は純証明責任規範に依拠するから両解釈は一致するとは限らないし、[24][25]訴訟進行は、当事者の主張責任とそれに対する相手方の対応（例えば、否認）に加えて両者の証拠提出責任によって行なわれ、証明責任は最終段階でのみ働くのである。その理由は、こうである。主張責任は弁論主義（憲法第一三条＝私的自治＝自己責任原則）の一つの帰結であり、一定の法律効果発生を求める当事者は、その法律効果発生に必要な法律要件該当事実＝要件事実を主張しなければならない（行為責任）のであり、そして当事者は〝うそをついていけない！〟（民訴法第二条＝真実義務）のだから、[26]自己の主張が「真」であることを証明しなければならない（民訴法第一七九条）。しかし、法は不可能を強いることはできないから、これは〝努力義務〟である。したがって、主観的証明責任（証拠提出責任）も「行為責任」である。この二つの「行為責任」によって、訴訟が始まり（訴状の提出）訴訟が進行するのである（答弁書の提出、第一回口頭弁論、ときに、争点整理、口頭弁論の続行）。

そして、最善の努力を尽しても訴訟の最終段階において「真偽不明」に終わったとき（客観的証明責任が働くのである（結果責任）。

以上のように解すれば、例えば、債務不履行責任（民法第四一五条）において〝本旨履行がなかった〟という要件事実について債権者が主張責任と主観的証明責任を負い、〝本旨履行の提供をした〟という要件事実（民法第四九二条）について債務者が主張責任と主観的証明責任を負い、訴訟の最終段階で「真偽不明」に終わったときは、先の証明責任規範によって、いずれが〝真〟か〝偽〟かを認定すればよいのである。

いずれの説が妥当かは諸者諸賢の御高見をお願いする次第である。

（1）『書斎の窓』六三一号五七頁（二〇一四年）、六三二号四四頁（二〇一四年）、六三六号一二〇頁（二〇一四年）、六四〇号八頁（二〇一五年）、六四三号二八頁、六五〇号一八頁（二〇一七年）。前田達明『続・民法学の展開』（成文堂、二〇一七年）（以下、前田「続・展開」）第二章第二、三、四、六、七節。

（2）奥田昌道『書斎の窓』六三四号三〇頁（二〇一四年）、伊藤眞『民事訴訟法講義　第五版』（有斐閣、二〇一八年）（以下、伊藤・前掲書）三七六頁注二五一。

（3）松本博之『証明軽減論と武器対等の原則』（日本加除出版、二〇一七年）（以下、松本「原則」）三三二頁、三三二頁注（35 a）

（4）憲法第七六条第三項により裁判官が裁判するときは手続的にも法的根拠がなければならない。

（5）伊藤・前掲書三一六頁、三木浩一ほか『民事訴訟法　第三版』（有斐閣、二〇一八年）（以下、三木ほか・前掲書）二〇六頁。中野貞一郎ほか『新民事訴訟法講義第三版』（有斐閣、二〇一八年）二二一頁（以下、中野貞一郎ほか・前掲書）。

故中野貞一郎先生には数多くの貴重な御教示を賜わり、故福永有利先生とは同志社大学法科大学院において、ご一緒に演習を担当させていただいた。ここに、その学恩に謝するために、両先生の御冥福を心からお祈り申し上げる次第である。

(6) 中野貞一郎『民事裁判入門　第三版補訂版』(有斐閣、二〇一二年)二六九頁。
(7) 伊藤眞「証明、証明度および証明責任」法学教室二五四号三三頁(二〇〇一年)、同「証明責任をめぐる諸問題―手続的正義と実体的真実の調和を求めて―」判タ一〇九八号四頁(二〇〇二年)、伊藤・前掲書　三四九頁注一九二。
(8) 末川博「一応の推定と自由なる心証」法学論叢一七・一(一九二七年)三三頁。
(9) しかも、こう解した方が、種々の難問を無理なく解決できる(前田達明『民法学の展開』(成文堂、二〇一二年)(以下、前田「展開」)七七頁)。
(10) 前田「続・展開」一六六頁が現在の前田説である。
(11) 吉川慎一「不当利得」(伊藤滋夫編『民事要件事実講座　第四巻』(青林書院、二〇一七年))一二二頁(設例3)。
(12) 前田「展開」六九頁。通説も同様である。したがって、具体的訴訟において主張すべき要件事実は民訴法第二五三条第一項第二号、同法第二項の解釈問題である。すなわち、法解釈は〝類型化〟を明らかにするものでもある。例えば、「法律上の原因なく」の類型化(窪田充見編「新注釈民法(15)」(有斐閣二〇一七年)八四頁)であり、他方、それに該当すべき「事実」の類型化(「五つのW」)である。
(13) なお、松本博之『民事訴訟における事案の解明』(日本加除出版、二〇一五年)(以下、松本「解明」)一七六頁。
(14) 積極的要件についても同様である(前田「続・展開」一八八頁を補充しておく)。

(15) したがって、証明が困難な場合に被請求者に証明責任を負わせようとすると、当然に主張責任も負わすことになり、請求者は主張責任さえ負わないということになる。例えば、民法第四一五条の〝履行がない〟の証明責任を債務者に負わすためには、主張責任も（〝履行した〟）負わすことになる。これこそ、「理解しがたい暴挙」（松本「解明」一六頁）ではないだろうか。

(16) 新潟地判昭和四六・九・二九下民二二・九＝一〇・一。

(17) 最判昭和三五・二・二民集一四・一・三六、最判昭和四一・一二・二二民集二〇・一〇・二一。

(18) 三木ほか・前掲書二〇八頁、中野ほか・二二一頁は、抽象的事実＝要件事実、具体的事実＝主要事実とするが両者は抽象度の差に過ぎない。しかも、前者は「大前提＝法解釈」の問題であって要件「事実」という用語は不適切であり後者は「小前提＝事実認定」の問題であって「要件事実」という用語が適切である。

(19) 三木ほか・前掲書二六四頁、伊藤・前掲書三七六頁。

(20) 伊藤滋夫編『新民法（債権関係）の要件事実Ⅰ』（青林書院、二〇一七年）六頁。

(21) なお、立法者が証明責任を考慮に入れて立法していないことは周知のところである。前田達明監修『史料債権総則』（成文堂、二〇一〇年）九〇頁。

(22) 前田「続・展開」二四五頁注(55)。

(23) 民訴法第二五三条は、当事者に主張責任を課し、裁判所には主張責任に従って「事実」記載を命じているのである。例えば、「風邪薬」を要件事実とすれば、「飲み方」＝主張責任＝主張の仕方＝判決の書き方であり、その法的根拠は民訴法第二五三条であることが容易に理解し得る。なお、民訴法第一七九条も主張責任の法的根拠といえる（伊藤眞先生の御教示）。

(24) 例えば、民法第四一五条の〝履行がない〟の主張責任は請求者（債権者）にある（前田達明『民法随筆』成文堂、一九八九年）二四八頁）。

(25) したがって、前田説によれば、訴え提起から審理終了まで主張責任の分配（法典の規定の仕方）と両当事者の証拠提出責任によって訴訟手続が進行し最終段階に至っても存否（真偽）不明に終わったときに証明責任が登場し、それは「純証明責任規範」によって分配される、ということになる。これは理論的な問題であり、実務上は通説と大差ないだろう。

(26) ところで、民訴法第二条は裁判所に民事訴訟が「公正」に行なわれるように努力することを義務付けているが、「公正」とは「公平で邪曲のないこと」という意味を持つ（新村出編『広辞苑　第6版』（二〇〇八年、岩波書店）九四七頁）。さらに同条は、当事者に「信義に従い誠実に民事訴訟を追行」することを義務付けている。これこそ「真実義務」の法的根拠である（「フェアプレーの精神」。竹下守夫ほか編「研究会　新民事訴訟法　立法・解釈・運用」ジュリスト増刊（一九九九年、有斐閣）二一頁（伊藤眞発言））。さらに、「真実義務」については、中野ほか・前掲書二三三頁（民訴第二条を法的根拠とし「法律上の義務と解するのが一般的となる」）、伊藤眞・前掲書三一一頁。「事実」を主張するならば「真」であることの「証拠」を提出せよと要請されるのは当然のことであろう。ここに云う「真実」とは、歴史的事実の「真実」ではなく、当事者が（内心はどうあれ）「主張」する限り自ら「真実」と云う証拠を提出しなければならない（証拠提出責任）という意味である。

（書斎の窓六五七号二〇一八年五月）

意思表示とは何か

第一　本稿の目的

一、「意思表示」とは、法学上、最も重要な法律用語の一つである。現に、民法第一編「総則」第五章「法律行為」第二節「意思表示」とされ、二〇一七年五月二六日に成立した「改正民法」においても同様である。

では、意思表示とは何か。一般に「効果意思（例えば、所有土地を売ろうという意思）」と「表示意思（その効果意思を外部に表明しようという意思）」と「表示行為（その効果意思を外部に表明する行為）」という三つの要素から成る、とされる。そして、相手方が「買おう」と意思表示（「承諾」）をすれば「売買」という「契約」＝「法律行為」が成立する（民法第五五五条）。

二、しかし、意思表示の構成要素として、「日本民法上は、現在の通説のいうように表示行為と効果意思のみを掲げれば足り」る（川島武宜＝平井宜雄編『新版注釈民法（3）』〔二〇〇三年、有斐閣〕

〔平井宜雄〕四一頁）、すなわち、「表示意思」は不要である、というのが通説である。しかし、これには疑問がある。そこで、この通説（権威）に対して挑戦しようというのが、本稿の目的である。

第二　通説の論拠

一、まず、表意「者が推断された効果意思に対応する内心の意思をもたないときは、その理由のいかんを問わず、これを同一にとり扱うべきものと考えるから、表示意思の欠けた場合をとくに問題とする必要はないと思う。従って、表示意思を意思表示の要素のうちに加えない」（我妻栄『新訂民法総則（民法講義Ⅰ）』〔一九六五年、岩波書店〕二四二頁）というのである。「その理由は明確とはいい難いが」（川島＝平井・前掲書三九頁）、これに日本の多くの民法学者が賛同して通説を形成した。

二、次に、「表示意思の法技術的意味が乏しく、かつ意思の心理学的研究が法技術としての意思表示理論とは無縁」であるから「心理学的価値だけのために、わが国の民法学上表示意思の概念に固執することは」疑問である（川島＝平井・前掲書四一頁）というのである。

三、さらに、〝Aが自己所有土地を売るという手紙をB宛に書いたが少し時を置いてから出そうと思って、机の上に置いておいたところ、家人が勝手に切手を貼って投函した〟という場合は、「効果意思（売るという意思）」はあるが、その「効果意思」を外部に表明しようという「表示意思」はない（書いただけで、手紙は、まだ自己の支配領域内にある）。このとき、相手方としては「申込を無効とされては予想外の不利益を受けるので、適当でない」から表示意思は不要である（四宮和夫＝

能見善久『民法総則　第九版』（二〇一八年、弘文堂）二二四頁）というのである。

第三　通説への挑戦

一、まず、我妻説に従う通説の論拠の前提として、ドイツ民法学上の「有名な教室設例」（川島＝平井・前掲書三九頁）である「トリーア（Trier）」市場事件」が採用されている。それは、こうである。トリーア市のぶどう酒市場の競売で、手を挙げると百マルクの増額の申込みを意味する慣習があるが、それを知らない外国人が友人を呼ぶつもりで手を挙げたとき、確かに「意思表示は存しない」。しかし、この例は不適切である。すなわち、この場合、表示意思どころか効果意思さえも存在しないのである。そこで、効果意思が存在しないときは「その理由のいかんを問わず、これを同一にとり扱うべきもの」という議論となる。すなわち、「理由は明確とはいい難い」の原因は、ここにある。したがって、このような設例を念頭に置くことは適切でない。すなわち、通説たる表示主義（客観主義）からすれば、「意思」といえば「効果意思」が重要であり、それが存在しない場合は、全て一括して「同一」に扱えばよいということになる。したがって、ここでは「効果意思」は存在するが「表示意思」が存在しない場合は、どのように扱うべきかを議論すべきである。

二、次に、「意思表示」は日本民法では「法技術的意味が乏しく」「心理学的価値だけ」しかないというのも疑問である。すなわち、「表示意思」には重要な「根本的法原理」が存在するのである。例えば、〝所有地を売る〟と手紙に書き本人が投函したという場合は〝相手方が承諾すると売らなければならない（義務を負う）〟という「意識」を持ち、その意識を踏まえて「売ろう（義務を負う）」と決断する「意思」[2]が「表示意思」である。その結果として「売る義務」を負うことになる。この「売らなければならない」という「義務」は単なる〝道徳的義務〟ではなく、任意に履行しないと相手方が裁判所に訴えて最終的には国家権力によって強制履行させられるという「法義務」（民法第五五五条）なのである。では、何故に、〝売ろう〟と決断したことによって法義務を負うのか。それは「私的自治原則＝意思自由原則」[3]に由来する。すなわち、人は自己の自由意思によって自らの法律関係を形成することができる（憲法第一三条「自由、幸福追求」権）ということから、当然に「自由意思」によって形成した法律関係の法的効果は自らが引き受けなければならないとする「意思原理」[4]が導かれる。それが法律行為における法律効果の「帰属原理」となるのである。このように、一般的抽象的法規範（例えば、民法第五五五条）とは異なって、具体的表意者に具体的内容の法義務を帰属させる「具体的法規範」[5]を設定するのが「表示意思」（具体的法規範設定〔目的〕意思）なのである。

三、さらに、先述の〝書いた手紙を勝手に家人が出した〟というときに、〝表示意思を要素とするならば、それを欠くと無効であるから、相手方は「予想外の不利益を受ける」ので表示意思は不要として有効とするのが適当〟であるという論法に従うと奇妙な結論に至る。すなわち、心裡留保（例えば、贈与の〔効果〕意思がないのに相手方の歓心を得ようとして贈与の約束をした。民法第九三条）のとき、〝「効果意思」を欠くので無効であるとすると相手方が「予想外の不利益を受ける」から効果意思は不要として有効とするのが適当である〟ということになる。しかし、このような奇妙な結論を当然に通説も採用していない。正しくは、心裡留保は効果意思がないから本来は無効なのである。しかし、それでは、相手方が「予想外の不利益を受ける」から有効とするのである（民法第九三条本文）。もっとも、相手方がそれを知っていた（「表意者の真意を知り」）か知り得た（「知ることができた」）ときは（「悪意」もしくは「善意有過失」(6)）、本来の「無効」となる（通説）（民法第九三条但書）。すなわち、相手方が善意無過失のときは、相手方の「（有効であるという）信頼（取引安全）」を保護するために有効とするのである。このとき表意者に表示された効果意思と同一内容の法律効果を帰属させる原理（「帰属原理」）は「意思原理」ではなく「信頼原理」（憲法第一三条「公共の福祉」。民法第一条第一項）なのである。同じことは「虚偽表示」（例えば、差押えを逃れる目的で自己所有土地を他人と通謀して他人に移転する。民法第九四条）は「効果意思（土地所有権を移転する）」が存在しないから「無効」である。（民法第九四条第一項）。しかし、「有効」と信じた（善意＝その事情を知らない＝「信頼」）第三者に対しては「有効」と扱われるのである（民法第九四条第二項）。なお、保護に価いする「信頼」であるべきだから、規定にはないが、第三者の無過失（知ることができなかった＝〝ダマス〟つもりの心裡留保でさえ〝無過失を要請している〟）を要件とすべきであろう（有力説）。さらに「錯誤」（民法第九五条）においても同様のことがいえる。すなわち、「効果意思」や「表示意思」のないときは原則として無効であるが（民法第九五条本文）、表意者に「重大な過失（著しい不注意）」があると、「有効」とされる（民法第九五条但書）。このときの相手方については何ら規定はないが、これも「信頼原理」によって表意者に法律効果が帰属するのであるから、相手の「善意無過失」を要件とすべきである〔表意者の〝誤り〟を知っているか知ることができたとき相手方を保護する必要はない〕〔有力説〕。ところで、この心裡留保も虚偽表示も表意者が「知っている〔悪意〕」という「帰責性」〔責められるべき理由〕があり、錯誤のときは表意者に「重過失」という「帰責性」があることに注意すべきである。すなわち、「信頼原理」は「意思原理」の「副次的原理」〔憲法第一三条は「自由」などを保護することを、まず宣言し〔主たる目的〕、「公共の福祉」はその制限規定〔附属目的〕であるから、表意者本人に責められるべき理由が必要なのである。

なお、「心裡留保」においては、〔表意者が真意でないと主張したとき〕相手方が民法第九三条本文の要件事実について主張責任と証拠提出責任[7]を負い、表意者が同条但書の要件事実について主張責任と証拠提出責任を負う。「虚偽表示」においては、表意者が民法第九四条第一項の要件事実について主張責任と証拠提出責任を負い、第三者が同条第二項の要件事実について主張責任と証拠提出責任を負い、新たな要件が付加されて表意者が利益を受けるから、その「善意」が「有過失」であることの要件事実について表意者が主張責任と証拠提出責任を負う。「錯誤」においては、表意者が民法第九五条本文の要件事実について主張責任と証拠提出責任を負い、相手方が同条但書の要件事実について主張責任と証拠提出責任を負い、新たな要件が付加されて表意者が利益を受けるから、相手方が「悪意」もしくは「善意有過失」であることの要件事実について表意者が主張責任と証拠提出責任を負う[8]、とするのが妥当であると考える。

第四　結びに代えて

一、以上のように、表示意思は「具体的法規範設定意思」として意思表示が「私的自治原則（意思原理）」という重要な「根本的法原理」の発現形態であることを明らかにするものであるから、意思表示の不可欠の「要素」であることが明らかになったと考える。

二、さらに、意思表示に基づく法律効果の「帰属原理」としては「意思原理」と共に、「信頼原理」が存在するという「二元性」(9)が明らかになったと考える。

したがって、通説を支持される読者諸賢には、是非、厳しい御高批をお願いする次第である。

(1)　現実の取引社会においても、「売る」「買う」という「効果意思」を双方当事者が持って後に、種々の手続き等を経て、「表示意思」を持って「表示行為」をする（例えば、契約書作成）までの間にはタイム・ラグがあるのは通例のことである。

(2)　したがって、重要なのは「意識」（佐久間毅『民法の基礎1　総則　第四版』（二〇一八年、有斐閣）五九頁、山本敬三『民法講義1　総則　第三版』（二〇一一年、有斐閣）一二六頁）ではなく、「意思」なのである。

(3)　山本・前掲書一〇八頁に優れた分析がある。

(4)　「私的自治原則（意思自由原則）」から導かれる「意思原理」には、意思表示の「相手方と内容」についての「自由」も含まれており（山本・前掲書一〇九頁）、その役割を担うのが「効果意思」である。なお、「方式（例えば、口頭か書面か）」の自由は「表示意思」の領域である。

（5）「合意（法律行為＝意思表示）」が当事者間の「法律」であることは立法者も認めていた（前田達明『民法学の展開』（二〇一二年、成文堂）一八頁）。

（6）いわゆる「狭義の心裡留保」の場合も相手方に〝保護に価いする〟信頼が存在すべきであろう。表意者に〝ダマス意図〟があるとき、標準人（通常人）でも、その〝ウソ〟を見抜けないときは「無過失」である。詳しくは山本・前掲書一四八頁。

（7）前田達明「続々・権威への挑戦」本誌六四〇号（二〇一五年）一五頁注（19）。

（8）民法第九六条（詐欺）第三項類推適用説ではなく、民法第九三条但書類推適用説である。たしかに、錯誤者は〝誤り〟を知らないが「重大な過失」（著しい不注意）があるのだから、不当な解釈ではないと考える。なお、「詐欺」（民法第九六条第一項）の場合も、保護に価する信頼が必要であるから、善意無過失の第三者（取消前の第三者でも取引後）のみが保護される（民法第九六条第三項）と考える。さらに、「強迫」（民法第九条第一項）の場合は、表意者に帰責事由がないから、善意無過失の第三者にも「取消」を主張できると考える。他方、「詐欺」の場合は、表意者において〝欲に駆られて〟（例えば、〝うまい〟儲け話に乗る）といった帰責事由がある。

（9）前田達明『民法IV_2（不法行為法）』（一九八〇年、青林書院新社）四六頁。なお、大村敦志『新基本民法1総則編』（二〇一七年、有斐閣）一三二頁は、「契約の拘束力」の根拠として、「哲学的説明（意思理論）」、「功利的説明（交換理論）」、「倫理的説明（信頼理論）」を挙げる。二番目のものは「帰属原理」ではなく「効力要件」（民法第九〇条）であろう。

（書斎の窓六五二号二〇一七年七月）

同性婚訴訟

第一、本稿の目的

近時、全国各地の裁判所に、いわゆる〝同性婚訴訟〟が提訴されている。すなわち、男と女以外に男と男、女と女の婚姻を法的に認めよ、という訴訟である。

この訴訟は、勿論、世界の諸国における動向や日本民法学界における問題提起が後押ししている。[1]そこで、その法的問題について検討しようというのが本稿の目的である。

第二、「両性」と同性

一、憲法第二四条第一項は次のように定めている。

「婚姻は、両性の合意のみに基いて成立し、夫婦が同等の権利を有することを基本として、相互の協力により、維持されなければならない。」(英文訳。Marriage shall be based only on the mutual consent of both sexes and it shall be maintained through mutual cooperation with the equal rights of husband and wife as a basis.」

ここにいう「両性」は当然「男と女」を意味し（「夫婦」と続けている）、「同性」は念頭にない。すなわち、立法者は、婚姻とは異性間の関係であり同性間の関係でなく、そのことは「書くまでもない当然のことと考えていたので、明文の規定は置かれていない」（大村敦志『家族法　第三版』（二〇一〇年、有斐閣）一三三頁）[2]。すなわち、本条項の立法者意思（憲法第四一条）は、旧憲法下の封建的家族制度（家父長制）の否定にあった。したがって、立法者にとっては「同性婚」は〝想定外〟であったといえる。

二、しかし、法解釈における価値判断基準は「立法者意思」だけではない。

それと同等の判断基準として、「歴史的変化」（憲法第九九条↓裁判官の憲法尊重擁護義務）という別の価値判断基準がある。これによれば、婚姻観は現在、大いに変化しており、社会認識の変化に伴い、前述のように「同性婚」を法的に認める国も出現している。すなわち、二〇〇一年にオランダが同性婚を法的に認めて以来、アメリカ・マサチューセッツ州、ベルギー、スペイン、フランス、ニュージーランド、イギリス等が続いている[3]。

さらに、前二者と同等の判断基準として「法目的」（憲法第九九条↓裁判官の憲法擁護尊重義務）という価値判断基準がある。これは、当該法文の「目的」、「趣旨」すなわち「目的論的解釈」あるいは法体系全体との調和（「体系的解釈」）という基準である[4]。これによれば、「同性婚」を希望する当事者個人の「幸福追求権」を尊重すべきであり（憲法第一三条）、そのような人も「法の下に平等」に扱うべきであり（憲法第一四条）、「同性婚」も「婚姻」の一形態であるとする「思想」の自由を侵してはならない（憲法第一九条）のである。そして、これらの基本的人権は〝一部の国民のものでなく、全ての国民に保障されるのである〟（憲法第一一条。法学協会・前掲書三三五頁）。

三、このように、第二番目、そして、第三番目の価値判断基準によって（法解釈の実質的意義）、憲法第二四条第一項を解釈すれば、次のようになる。すなわち、同条項は、同性婚を否定するものではなく両性婚姻と共に同性婚も認める、と解釈すべきである。すなわち同性婚については〝法の空白〟であって、そして、その〝空白〟は「反対解釈」ではなく「類推解釈」により〝補充〟するのである（法解釈の形式的意義）。

しかし、以上で、全ての問題が解決したのではない。次節において残された問題を検討しよう。

第三　婚姻の意味

一、婚姻とは何か。民法学の大家によれば「その社会で一般に夫婦関係と考えられているような男女の精神的・肉体的結合」（我妻栄『親族法』（『法律学全集 23』）（一九六一年、有斐閣）一四頁）であり、さらに、「婚姻をなすとは、その時代の社会通念に従って婚姻と見られるような関係を形成することであり、単に当事者の主観に従って、その者が婚姻であると思料するだけのものであってはならない」、「同性間の婚姻というようなものを婚姻的法律要件としては否認されなければならない」（中川善之助『親族法上巻』（一九六〇年、青林書院）一五八頁）とされる。ただ、同性婚を認める立場からは、右の定義の前半部分、すなわち「その社会で一般に夫婦関係と考えられている」、さらに「その時代の社会通念に従って婚姻とみられる関係」というのが重要である。すなわち、「両性（異性）」間の「婚姻」と同様であると社会一般に認められる「同性」間の「人間関係」とは何か、ということである。

二、この点については、カントがヒントを与えてくれる(5)

カントは、物権（ius reale,ius in re, Sachenrecht）、債権（ius personale, persönliche Recht）の他に、物権的債権（ius realiter personale, dinglich- persönliche Recht）という権利を設定する。この第三番目の権利に属するのは、婚姻権、親権、家長権である。そして、婚姻権（Eherecht）とは「一人の人間（ein Mensch）が他の人間の性器と Vermögen を相互に使用し合う」権利である。性を異にする二人格の結合であるが、しかし「子を産み育てるという目的」は「この結合が適法であるために必要ではない」、という。これは、二百年余り昔の主張である。ここから、我々は何を得ることができるであろうか。

まず、男（Mann）と女（Weib）との性共同体（Geschlechtsgemeinschaft）における婚姻権は男も女も平等に持つということである。ここから、「一人の人間」と「一人の人間」として対等に扱われるということが明らかとなる。さらに、子の出産は「必要」要件ではない。以上のことに、重点を置けば「同性」婚姻もあり得る。すなわち、この契約の当事者は「人間」であって「男」と

「女」に限るものでない。

次に〝他方の性器を使用する権利〟ということは、逆に云えば〝他方は自己の性器の使用を受け容れなければならない〟、すなわち「貞操義務」が発生する。さらに〝他方は自己の財産等の使用を受け容れなければならない〟、すなわち「協力扶助義務」が発生する。そして、子の出産は必要条件でない。

そして、婚姻は「契約」（当事者の合意）であるが、その内容は法定（民法第七五二条等）されている（いわば「附合契約」のである）。すなわち、「婚姻」とは、このような権利義務を負う人と人との関係である。そして、それが「その社会で一般に」承認されることが前提となる。そのことは、既に第二において検討したように現代社会の趨勢であるといえよう。

もっとも、次のような有力な反論がある。すなわち「二人の人間が子どもを育てることを合意して共同生活を送るという点に婚姻の特殊性を求めるならば、同性のカップルには婚姻と同様の法的保護までは認められない」。とすると「不妊の男女カップルや子どもをもつ気のない男女カップルの関係は婚姻ではないのではないかという疑問」が生じる。〝しかし、ここでいう「目的」は抽象的・定型的な目的」で「具体的個別的な目的とはされない〟という（大村敦志・前掲書二八六頁）。しかし「抽象的・定型的」とは「具体的・個別的」を包括しているわけであり、同性婚が、そのことによって法的に婚姻と認められないというのならば、むしろ、異性婚姻でも、右のような関係も法的に婚姻とは認められない、というべきではないだろうか。

故に、婚姻の目的は「二人の人間が共同生活を営む」という点に「着目」すべきである。

第四　結びに代えて

以上のように、いずれの観点からも、同性婚は、日本においても法的に承認されるべきことが明らかになったと考える。ただ、反論としては、道徳面での混乱を招くということかもしれない。しかし、むしろ同性婚を法的に正面から認めることにより、その混乱を収束させることになるだろう。さらに〝少子化〟の懸念である。しかし、それは（特別）養子制度（実子の虐待殺害が多い）の利用と云った方法が考えられる。

勿論、以上の点については、まだまだ議論の全地があり、本稿は、単に問題提起であることを認めるものである。

（1）　青山道夫＝有地亨編『新版注釈民法（21）親族（1）』（一九八九年、有斐閣）一七九頁（上野雅和）は「男女の結合であれば、生殖や性関係の可能性がなくても、さらに臨終婚のように、共同生活の可能性すらなくても、婚姻法的利益を付与しながら、同性間の結合であれば、生殖能力の点を除けば夫婦の実質を伴っていても、婚姻法的利益を拒否する合理的根拠があるのかという形で、問題が提起されることになる」とする。

（2）　さしあたり、初期に出された最も権威ある『法学協会　註解日本国憲法上巻』（一九五三年、有斐閣）四六九～四八〇頁においても、「同性婚」については一言も触れられていない。

（3）　犬伏由子ほか『親族・相続法　第二版』（二〇一六年、弘文堂）三二頁。他に「婚姻」までは認めないが、登録や契約を通じて一定の法的保護を認める国（ドイツ等）もあるとのことである。

（4） 前田達明『民法学の展開』（二〇一二年、成文堂）八、二四、五二頁、同『続・民法学の展開』（二〇一七年）成文堂）一〇二頁。

（5） Immanuel Kant, Die Metaphysik der Sitten, 1797 (Suhrkamp), S. 388ff.（樽井正義＝池尾恭一訳『人倫の形而上学』（二〇〇二年、岩波書店）一〇八頁以下。

本稿執筆にあたっては、原田剛氏、佐々木典子氏、南和行氏、吉田昌史氏のご協力を賜った。心から御礼を申し上げる。

不貞行為と離婚の慰謝料 ――「過失一元論」と「違法一元論」

第一　本稿の目的

一、近時、最高裁は、世間の耳目を集める判決[1]（以下、最判）を下した（第三小法廷平成三一・二・一九判決。平成二九（受）第一四五六号損害賠償請求事件）。

事件の概要は、次の如くである。

被上告人X（夫）とA（妻）は、平成六年三月婚姻し、同年八月に長男、平成七年一〇月に長女をもうけた。XはAらと同居していたが、仕事で帰宅しないことが多く、Aが上告人Yの会社に入社した平成二〇年一二月以降は、XとAは性交渉のない状態であった。他方、YとAは平成二一年六月以降に、不貞行為を行ない、それをXは平成二二年五月頃、知った。その頃、AはYとの不貞行為を解消し、Xと同居を続けていたが、平成二六年四月頃に、長女が大学に進学したのを機に、Xと別居した。そこで、Xは平成二六年一一月頃、Aを相手に離婚調停を申し立て、平成二七年二月二五日に調停が成立した。次いで、XはYを相手にして、YとAの不貞行為により婚姻関係が破綻し離婚するに至ったので、Yは離婚をさせたことを理由とする不法行為責任を負うと訴え、原審は肯定した。それに対して、最判は、これを破棄自判した。

二、この事件は、これまで、不貞行為にもとづく慰謝料について、いささか研究を続けてきた者にとって、以下の二点の問題を検討する必要がある、と考えた。それが本稿の目的である。

第二　不貞行為と離婚

一、最判の理由は、次の如くである。

〝夫婦の一方は、他方に対し、有責行為により離婚をやむなくされ精神的苦痛を被ったときは、その損害の賠償を求めることができる。しかし、本件は夫婦間ではなく、夫婦の一方が、他方と不貞関係にあった第三者に対して、離婚に伴う慰謝料を請求するものである。離婚に至る経緯は一様でないが、協議上の離婚であれ裁判上の離婚であり、離婚は本来、当該夫婦の間で決められるべき事柄である。したがって、原則として「当該夫婦を離婚させたことを理由とする不法行為責任を負うことはないと解される」〟。

以上の判示には、いくつかの問題点（例えば「当該夫婦の間で決められるべき事柄」の意味）があるが、それは別稿に譲り、〝離婚原因を作った第三者に対して離婚にもとづく慰謝料請求は出来ない〟とする点は評価し得よう。

二、他方、不貞行為の相手方たる第三者に対して不貞行為にもとづく慰謝料請求を認めるというのが判例の立場である。しかし貞操義務は、本来〝配偶者間の義務〟である（債権的。昔は〝物権的〟と考えられた）。したがって、この点の詳細も別著（前田達明『愛と家庭と』（一九八五年、成文堂）に譲るが、権威者加藤一郎や水野紀子の驥尾に付して、前田説も不貞行為にもとづく第三者への慰謝料請求は否定すべきである、と考える。

第三、第三者の「意図」

一、最判は、さらに「第三者が単に夫婦の一方との間で不貞行為に及ぶにとどまらず、当該夫婦を離婚させることを意図してその婚姻関係に対する不当な干渉をするなどして当該夫婦を離婚のやむなきに至らしめた」ときは、その第三者は不法行為責任を負う、とする。これは恐らく、最判昭和五四・三・三〇民集三三・三〇三が、不貞行為の第三者に対して子が慰謝料請求した場合は、相手方が子に対して「害意」あるときに限り認容される、としたことを想定したのであろう。

二、ところで、故意責任（意図、害意）も過失責任も共に行為義務違反である（一九六七年度私法学会における四宮和夫先生の御質問）。しかし、客観的行為義務違反だけでは帰責できない。すなわち、故意で行為義務違反（違法）した者が〝私は行為義務に違反したが、そんな私を創ったのは神様だから神様が責任を負うべきだ〟と〝抗弁〟したとき、〝お前は神様からも解放された「自由」な意思で行為義務に違反したから、お前が責任を負うべきである〟と説得するのである。(2)「過失」については本書一一七頁で評述した。このように、その帰責根拠が異なる（意思と信頼）故に、不法行為類型と賠償範囲が異なるのである。

すなわち、不法行為類型としては、第三者による債権侵害は勿論[3]、正に先述の最高判昭和五四・三・三〇（子からの慰謝料請求）、最高判平成三一・二・一九（離婚後の元配偶者からの慰謝料請求）などである。

なお、意思責任における「意思」は、勿論、「賠償責任を負担する」意思ではない（窪田充見『不法行為法　第二版』（二〇一八年、有斐閣）四三頁参照）。「権利侵害や損害に向けられた意思」を帰責根拠として、法（例、民法第七〇九条）が定めた法律要件（「故意」「権利侵害」、「損害」発生）に該当する事実が存在すれば法の定めた法律効果（「損害」、「賠償」、「責任」）が発生するのである。過失の場合も同様であって（窪田充見・前掲書四九頁参照）、「信頼を裏切ったこと」（信頼責任[4]）を帰責根拠として、法（例、民法第七〇九条）が定めた法律要件に該当する事実が存在すれば法の定めた法律効果が発生するのである。法律行為においても、同様に、法（例、民法第五五五条）が定めた法律要件（「財産権を相手方に移転することを約し、相手方がこれに対してその代金を支払うことを約す」）に該当する事実が存在すれば法の定めた法律効果（「その効力が生ずる」）が法の定める範囲（民法第九〇条）で発生するのである。すなわち、「契約自由原則」を法が認める（憲法第一三条）から「法律効果」が発生するのである[5]。

ところで、「過失一元論」は、以前にも述べたように（前田達明「『新注釈民法（11）債権（8）』を読んで」)(「書斎の窓」六五三号(二〇一七年)二九頁)、法文の構造(「過失」と「権利侵害」は別要件)、さらに「過失」は具体的個別的ではなく抽象的類型的に判断されるのであり(例えば、「凡そ、自動車運転者たる者……」)、それを具体的個別的事件の「法益」侵害と「損害」発生を一元化するのは妥当でない。対して、違法一元論は「この場合の違法性は、民法第七〇九条の過失に置き換わるもの」(窪田充見・前掲書一〇〇頁)ではなく、「過失」を要件としつつ、それとは別に認められる要件としての違法性を意味しているのである。たしかに民法「第七〇九条の条文にない違法という言葉」ではあるが、民法第七〇九条の「故意」「過失」、「法益」侵害と「損害」発生という言葉を包括した概念として「第五章　不法行為」と法が定めているのであるから、「不法＝違法」一元論という方が、名称としても実質的に妥当である。(6)

言い換えれば、「過失」一元論の「過失」(行為義務違反)が〝七〇九条の条文にある「過失」という言葉〟であるというのならば、条文の他の言葉(「法益」、「損害」など)を無視することになって、「過失一元論」は、要件事実論からも支持し得ない。すなわち、「過失」の主張立証だけでなく、「法益」侵害、「損害」発生、因果関係といった他の要件に該当する「事実」を具体的事件において主張立証しなければ、法律効果(損害賠償請求権)は発生しないのである。さらに「違法一元論」の「違法」は〝七〇九条の「過失」に置き換えるもの〟ではなく、条文の他の要件(「法益」侵害、「損害」の発生)をも包含するものなのである。そして、勿論、「違法一元論」からも、「過失」(行為義務違反)の主張立証の他に「法益」侵害や「損害」発生に該当する要件事実の主張立証をしなければならない。その上で、裁判所は法律効果（損害賠償請求権）発生を認めるべき「違法」があるか否かの判断をするのである（例えば、不貞行為の第三者への損害賠償請求→「害意」＝違法性大。「一厘事件」（大判明治四三・一〇・一一刑録一六・一六二〇）→違法性小）。すなわち、行為違法の他に結果違法も考慮される。

第四　結びに代えて

このテーマは社会道徳倫理と直結する問題であり、我々法学者は、その点に大いに留意しなければならない。ただ、歴史的に見ても、また、日本が法典や学説を継受した各国においても、否定する方向にあることは事実であり、このことを踏まえて議論する必要があろう。

（1）　当日、翌日のテレビ、ラジオ、新聞で、大きく報道された。

（2）　法学に多大の影響を与えた中世神学（トマス・アクイナス「神学大全」。前田達明「民法学の展開」九七頁）において「罪」の根源（帰責根拠）は「意思」であった。

（3）　例えば、第三者による債権侵害について詳細な類型分けを行い、それぞれにおいて、主観的要件（害意、故意、過失）の違いをもって第三者に不法行為責任を肯定しようという主張（内田貴『民法Ⅲ（第三版）債権総論・担保物権』（二〇〇五年、東大出版会）一七七頁、同『民法Ⅱ（第二版）債権各論』（二〇〇七年、東大出版会）三四一頁」は、正に「違法一元論」なのである。すなわち、ある類型では「過失」で賠償責任を認めるに足る「違法性」があるが、別の類型では「害意」がなければ責任を認めるに足る「違法性」がないのであ

る（前田達明『不法行為帰責論』（一九七八年、創文社）一九二頁注（17）、同『民法Ⅵ$_2$（不法行為法）』（一九八〇年、青林書院）八四、一二二頁、同『民法学の展開』（二〇一二年、成文堂）二六六頁）。

（4）過失は行為義務違反だから、さらに「信頼責任」を付加することは〝屋上屋〟を重ねることになるという批判がある。しかし、「信頼責任」であるからこそ、「行為義務違反」を被害者が〝知っているか、重過失で知らなかった〟ときは、賠償責任が否定されるであろう。

（6）「不法行為」というのは、「unerlaubte Handlung」（ドイツ民法）の訳語で〝許されない行為〟というので、当然〝法的に許されない〟ということであり、したがって、〝法に違反している（違法）〟ということであるから、ここにおける「不法」と〝違法〟は同義なのである。

（7）刑法においても「死刑又は無期若しくは五年以上の懲役」を〝意図〟して「人を殺すのではない。「人を殺す」ことを〝意図〟するのが違法と評価され、それを「法律要件」として、刑罰という「法律効果」が発生するのである。しかも、意思責任の方が「過失」（「信頼責任」）より危険性が大であるから「法律効果」も重大なのである（刑法第三八参照）。

本稿執筆にあたっては、原田剛氏、佐々木典子氏にご尽力を賜った。心からの謝意を表する。

『新注釈民法（15）債権（8）』を読んで

第一　『新注釈民法』の意義

一、一九六四年に刊行が始まった『注釈民法』は、文字通り〝北は北海道から南は九州まで〟の民法学者の英知を結集したもので、その内容は、学説判例を網羅して、当時の〝民法の姿〟を明らかにしたものであった[1]。さらに、民法は他の法分野とも大きな関わりがあるゆえに、それは、単に民法のみならず、他の法分野にも大きな影響を与えた。その後、この『注釈民法』を基礎として、二〇年余の時を経て、さらに発展した〝民法の姿〟を明らかにすべく、一九八八年から『新版注釈民法』の刊行が始まった。

二、そして、今また、二〇一七年、『新版注釈民法』の成果を前提として、新たに『新注釈民法』の刊行が始まった。さらに、今年（二〇一七年）五月二六日に民法の大改正が国会で成立し、その立法に参画した民法学者のほとんどが、その執筆者として名を連ねておられ、その意味で、今回のシリーズは、新民法の立法者意思を伝える貴重な資（史）料とも云える。ただ、今回の改正の影響の比較的少ない部分と云うことで、そのトップバッターとして刊行されたのが本書である。

第二　本書の意義

一、本書は、本シリーズの中でも特に意義深い書の一つである。と云うのは、『新版注釈民法』においても、「不法行為」についても、一九六五年刊行の『注釈民法（19）』（以下、前書と云う）を基礎として、新たに執筆される予定であったが、残念ながら刊行されなかった。(2) したがって、本書は、五〇余年間の判例学説の発展について、特に不法行為法と云う日進月歩の目覚ましい進歩を遂げている分野について解説するものとなったのである。

二、本書を通読した読後感として、次のように云える。すなわち、各執筆者は、執筆されている分野において、これまで優れた御著書や御論文をもって、その分野の発展に大きく寄与してこられた方々である。したがって、その内容は、現在望み得る最も信頼のおけるものであり、それぞれ、各法制度の沿革と比較法にも言及され、それを基礎として、現在の日本の判例と学説の到達点を過不足なく論述しておられる。だから、この一冊を読めば、本書の守備範囲の各法制度について一目瞭然となり、正に〝座右の書〟と云うに相応しい。さらに、前書に倣って「不法行為」においては、当然、「類型」毎の論述もなされ、その「類型」も前書に比して、より現代の問題意識に合わせておられ、例えば、「生活妨害（ニューサンス）」から「公害・環境侵害」、「人格権の侵害」から「名誉・プライバシー侵害等」となり、加えて、特に、近侍、消費者保護の観点から脚光を浴びている「取引関係における不法行為」と云う類型が新たに設けられている。

三、さらに、特記すべきは、今回から、「要件事実」について特別の項目が設けられたことである。これまで「要件事実」は司法研修所教育の独壇場であった。(3) しかし、ロースクール教育が始まって、事態は急変した。(4) と云うのは、ロースクール教育は司法研修所教育と法学部教育を架橋するものだからである。もっとも、前述のところからも明らかなように、このテーマについては、実務家に〝一日の長〟があり、本書においても、練達の裁判官でいらっしゃる竹内努判事が執筆しておられる。その内容は、基本条文のみならず「抗弁」についても、水準の高い、しかも明解な解説がなされている。これを手懸りとして、要件事実、そして、これと密接な関係にある主張責任、証拠提出責任、証明負担（Beweislast）について研究を深める必要があると考える。(5)

第三　本書の幾つかの論点

一、本書は、本文だけで九三八頁の大著であり、(6) 全ての論点について言及することは不可能であるから、書評者が関心を持った幾つかの論点について、所感を述べさせていただく。

まず、民法第七〇九条が独仏と同様の過失責任主義を採用したものであることには異論はない（本書二六四頁）。もっとも、ここに云う「過失」は〝Verschuldensprinzip〟の邦語（「学術用語」）であって、法文上の「過失」ではない。ところで、「過失」一元論（本書三三二頁）の云う「過失」はいずれであろうか。後者とすれば、注文は「過失」を「故意」や〝法益侵害〟とは別要件としているから妥当でないし、前者とすれば〝Verschulden〟（有責性）とは一致しないので、この〝ネーミング〟は妥当でない。元来、「過失一元論」は民法第七〇九条が母法とするフランス法「フォート」（本書三三二頁）に、その範を求めてるが、フランス民法第一三八二条は「他人に損害を発生させた人の全ての所為（fait）は、faute（非行＝故意、過失）（山口俊夫『フランス債権法』（一九八六年、東京大学出版会）一〇〇頁）によってそれを生じさせた者に、その賠償の義務を負わせる」、フランス民法第一三八三条は「各人は、その fait（所為）によってのみならず、その négligence（怠慢）または imprudence（軽率）によって生じさせた損害に付いても責任を負う」と定めており、いずれも〝法益損害〟は法律要件とはなっていない。[7] したがって、比較法的考察からも「過失一元論」は民法第七〇九条の解釈論としては不適切である。もっとも、日本の判例のなかにも〝法益侵害〟を認定していないものもあると云う反論もあるが、それは例外であって、それを原則とすることは、民法七〇九条の「要件事実」論を崩壊させてしまうだろう。[8] 他方、違法一元論は、「故意・過失」と〝法益侵害〟の二つの要件事実を認定し、その衡量によって違法性（不法性）を測り、責任の有無、賠償範囲、損害額を定めるものである（本書八四四頁）。もっとも、法文（題号）と学術用語では、前者が優先すべきであるから「違法一元論」は「不法一元論」とすべきであろう。

なお、現行民法第七〇九条立法時には〝動的利益〟保護のために、「権利侵害」を不可欠の要件としたが（前田達明『不法行為帰責論』（一九七八年、創文社）二一七頁）、第一次大戦後〝一等国〟となり〝静的利益〟にも配慮することとなって〝法益侵害〟も要件に加えられたのである（「大学湯事件」（大判大正一四・一一・二八民集四・六七〇））。

二、（1）次に「行為論」において、前書になかった「法人自体の行為」[9]（法人の民法第七〇九条責任論）（本書二八二頁）が注目される。「法人自体の行為」については、判例とは逆に学説においては、これに対して疑問も有力である。それは「法人自体の行為」が「自然人の行為」と同じ「内実」を備えているかと云う疑問である。すなわち、「自然人の行為」は「意思に基づく身体の挙動」で「行為者が身体に対する意思支配」をしているから、「行為（身体の挙動）から発した権利侵害」は「行為者の意思の所産とみ」て「行為者に帰属させられる」（客観的帰属）とする。[10]ところで、その自然人においても、例えば、一人のリーダーが銀行強盗を計画し、自分は自宅に居て、多くの手下に役割分担をして実行させたとき、その実行行為は彼の「行為」として、その「権利侵害」は彼に「帰責」される。[11]「法人の行為」も同様である。人や機械を組織化して「自動車製造行為」や「アセトアルデヒド製造行為」の主体が「法人」であり、これが民法第七〇九条の〝行為〟である。

（2）「行為論」においては、今一つ、「不作為」の問題がある。従来、「法令・契約・条理・慣習」による作為義務が主張されているが、それは「形式的根拠（法源）」であって「①先行行為基準」、「②支配領域基準」と云う実質的基準を挙げるべきと主張する（本書二八四頁）。だが、①の「置き石事件（最判昭和六二・一・二二民集四一・一・一七）」では違法な〝置石〟を誘発する行為と云う〝自己の先行行為〟自体が責任の根拠であり、②の「落雷事故」（最判平成一八・三・一三判タ一二〇八・八五)」では、担当教諭の横の見物人は法的責任を負わない。何故ならば、教諭だけが予め「法令・契約」上の注意義務を負うからである[12]。

三、(1)「過失」については、前書では「予見可能性」が中心で「通常人としてなすべき注意」を怠る、と云うように、「純粋な過失主義から客観的責任に近づく」とされていた(前書二四頁)。本書においては「結果回避」中心の「客観的行為義務違反」への発展がフォローされている(本書三二九頁)。ところで、まず、この「客観的」と云うことであるが、それは二つの側面を持っている。①一つは「意思の緊張」と云った「心理状態」(内的注意)が「過失」の要件ではないと云うことである。しかし、まだ、これも排除すべきないと云う主張がある(二重構造論[13])。判例も「漫然と」と云っている場合がある(本書三三〇頁)。しからば「意思」を「緊張」していたが事故を起こしたとき(客観的行為義務違反はある)、免責されるのであろうか。免責されるとすれば、客観的行為義務違反と云う要件は「過失」には不要と云うことになる。判例も殆どの事件で「意思の緊張」を要件としていないと云うことは、それが、過失の不可欠の要件ではないと云うことである。②さらに、「客観的」とは、行為義務の基準が当該具体的行為者の能力を問わないと云うことである(本書三四三頁)。本書では「通常人」と云う用語が用いられている(本書三四三頁)。「通常」とは「普通であること。なみ。通例」と云う意味で(新村出編『広辞苑　第六版』(二〇〇八年、岩波書店)一八五四頁)、それには「規範的」(本書三四四頁)意味はない。さらに「一般人」と云う用語も「特別の地位・身分を有しない人。また、ある事に特に関係ない人。なみのひと。普通人」(新村出編・前掲書一八〇頁）と解説されているから、不適切である。「平均（人）」と云う用語も数理統計的な用語（新村出編・前掲書二五一八頁参照）で、不適切である。さらに、「合理（人）」と云う用語の意味は「道理にかなっている」（新村出編・前掲書九六八頁）で、「道理」とは「①物事のそうあるべきすじみち。ことわり。②人の行うべき正しい道。道義」とされる（新村出編・前掲書一九九〇頁）。故に、規範的性格は帯びるが、それならば、直接的に「道理人」とすべきであろう。しかし、ここで、問題となるのは、各事件類型において法が基準として要請する「人」であるから（本書三四四頁）、「標準人」[14]と云う用語が最も適切であろう。

（2）さらに、過失が当該行為者の能力を問題としないとすると「意思責任」とは云えなくなる。[15]そこで、登場するのが、「過失責任」は「信頼責任」であると云う見解であり、現在は有力化している（本書三三三頁、内田貴『民法Ⅱ第三版債権各論』（二〇一一年、東京大学出版会）三三八頁）。もっとも、反対説[16]は、故意でも過失でも禁止・命令規範違反（違法性）をもって賠償責任を負わされる（帰責される）のであって、さらに「意思責任」とか「信頼責任」を帰責事由とするのは〝屋上屋〟を重ねることであると批判する。しかし、そもそも、法理論とは敗訴当事者に対する説得の論理なのである。故意責任[17]の場合と同様に、過失責任の場合には、敗訴当事者が「たしかに法には違反したが、私としては全力を尽して努力した！　法は不可能を強いるのか！　しかも、そもそも、何故に法義務を負わなければならないのか。何をしようと私の自由ではないか！」と反論したとき、「被告が社会生活をするとき、他人が法に従って行為してくれることを信頼できなければ生活は成り立たない（これが義務を遵守しなければならない根拠である。窪田・前掲注（8）四八頁）。しかも、他人の個々の能力をも考慮しなければならないとすれば円滑に生活は出来ない。たしかに被告には「自由」が保障されている（憲法第一三条）。それと同じく他人にも「自由」が保障されている。そして、その両者の「自由」は社会生活において常に衝突する（「社会的接触」）。その衝突を法は調整しなければならない（憲法第一二条、同第一三条。「公共の福祉」）。その手段が「禁止・命令法規範」なのである[18]、と説得するのである[19]。

このように、「不法行為」においても「法律行為」においても（前田達明「意思表示とは何か」本誌六五二号〔二〇一七年〕一八頁）、その法律効果の「帰属原理」は「意思原理（自由）」と「信頼原理（公共の福祉）」なのである。

四、「因果関係」については、かつては「相当因果関係論（民法第四一六条類推適用）」が中心であったが（前書四〇頁）、現在は「事実的因果関係」と「保護範囲」と「金銭評価」を区別すべきである（平井宜雄『損害賠償法の理論』（一九七一年、東京大学出版会）一三五頁）と云う主張が学会においては定着したと云えよう（本書二五七頁）。もっとも、判例は未だに「相当因果関係論」を採用している（例えば、最判昭和四九・四・二五民集二八・三・四四七、四五〇。ただし、大隅健一郎判事の意見参照）。判例においては、「相当＝保護範囲」（本来は異なるのであるが）、「金銭評価」は別の判断枠組と考えられているのであろう。

第四　結びに代えて

本書で扱われている法分野、特に不法行為法は判例も最も多く[20]、その故に、以上に考察した少数の論点においても学説は複雑多岐な展開を示し、理論状況も「混迷」を極めている（前田・後掲注（18）『不法行為帰責論』「はしがき」一頁）。したがって、一〇年後、二〇年後とは云わずに、遅くとも五年毎に改訂版を出していただければ、実務界にも大いに寄与するものと確信する。

（1）このシリーズと有斐閣創業八〇周年記念出版「法律学全集」が、戦後日本の法学界と実務界に与えた影響と貢献は絶大なものであった。

（2）もっとも、「事務管理」と「不当利得」については、本文七五三頁と詳細を極めた、谷口知平＝甲斐道太郎編集『新版注釈民法（18）債権（9）』（有斐閣）が一九九一年に刊行された。

（3）民法の教科書において、「要件事実」と云う用語が登場したのは、遠藤浩ほか編『民法（7）』（有斐閣双書）（一九七〇年、有斐閣）九六頁が最初であろう。

（4）山本敬三『民法講義Ⅳ-1契約』（二〇〇五年、有斐閣）、同『民法講義Ⅰ総則第二版』（二〇一一年、有斐閣）が、その最たるものである。

（5）本誌（『書斎の窓』）六三一号（二〇一四年）五七頁、同六三二号（二〇一四年）四四頁、同六三六号（二〇一四年）三〇頁、同六四〇号（二〇一五年）八頁、同六四三号（二〇一六年）二八頁、同六五〇号（二〇一七年）一八頁に掲載の拙稿は、正に、その〝手習い初め〟である。

（6）しかも、「不法行為」については民法第七一二条から同第七二四条の二は、別に、大塚直編集『新注釈民法（16）債権（9）』（「不法行為（2）」）（続刊）において扱われることになっている。

(7) ちなみに、旧民法（ボアソナアド民法）財産編第三七〇条第一項は「過失（faute）又ハ懈怠（négligenee）ニ因リテ他人ニ損害ヲ加ヘタル者ハ其賠償ヲ為ス責ニ任ス」、同第二項は「此損害ノ所為（fait）カ有意（volontaire）ニ出テタルトキハ其所為ハ民事ノ犯罪ヲ成シ無意（involontaire）ニ出テタルトキハ准犯罪ヲ為ス」と定めていた。前田達明編『史料民法典』（二〇〇四年、成文堂）九八二頁、Code civil de L'empire du Japon accompagné d'un exposé des motifs, t. 1, texte, 1891, p.148.

(8) 〝法益侵害〟は「過失（客観的行為義務違反）」において「一元的に説明する」（窪田充見『不法行為法』（二〇〇七年、有斐閣）九五頁）と云うのならば、例えば、衝突事故で無過失側の自動車が大破し運転していた夫が死亡し同乗していた妻は負傷したと云うとき、〝物損に対する過失（行為義務違反）〟、〝生命侵害に対する（行為義務違反）〟、〝生命侵害に対する過失（行為義務違反）〟、〝身体侵害に対する過失（行為義務違反）〟の三つの「過失」が認定されるのだろうか（〝大は小を兼ねる？〟）。現在、全ての判例において「過失」は一つしか認定されず〝法益侵害〟について三つ認定されている。

(9) 民法の教科書において、このテーマに言及したのは、遠藤浩ほか編・前掲注（2）一〇一頁が最初であろう。もっとも、判例は古くから当然のこととしていた（例えば、「大阪アルカリ事件（大判大正五・一二・二二民録二二・一四七四）」）。

(10) 橋本佳幸「『法人自体の不法行為』の再検討」論ジュリ一六号（二〇一六年）五〇頁、五七頁。本稿の結論は、事業主体は、事業上の決定や組織整備について「保証責任」には賛成であり、これこそ民法第七〇九条の「過失」（信頼責任）であると考える。

(11) 直接実行行為に関与しない者でも、他人の行為を、いわば自己の手段として利用した場合である（最判昭和三三・五・二八刑集一二・八・一七一八）。

(12) 勿論、これらの「形式的根拠」は「実質的基準」を基礎としているが、直接それを義務の根拠とすることは、「作為」に比して「不作為」の「自由」（憲法第一三条）を、より保護しようと云う立法政策に反すると考える。

(13) 近江幸治『民法講義Ⅵ第二版』（二〇〇七年、成文堂）一一一頁、潮見佳男『不法行為法Ⅰ第二版』（二〇〇九年、信山社）二七九頁など。

(14) 「標準」とは「①判断のよりどころ。比較の基準。めあて。めじるし。②あるべきかたち。手本。規格。③いちばん普通のありかた」とある（新村出編・前掲書二三九六頁）。

(15) 具体的行為者は、「通常人と同水準の注意能力を備えることが通例であって、通常人を基準とする過失判断は、当該行為者の注意能力が劣後する例外的場合に限って、信頼の要素を取り込んだ擬制的な意思非難を行うにとどまる」（本書三三八頁）と云う主張が有力だが、具体的事件が発生したと云うことは、その時点において具体的行為者の能力が劣後していた証拠であり、具体的事件において、判例は「自動車運転者たる者」、「医師たる者」等々としている。しかも「信頼」の要素は「意思非難」ではなく「擬制」することは不可能である。

(16) 窪田・前掲注（8）四三頁、四八頁、潮見・前掲注（13）五頁。

(17) 故意責任が「意思責任」であると云うのは、中世神学の影響なのである（前田達明『民法学の展開』（二〇一二年、成文堂）九六頁）。すなわち、〝自由意思で罪を犯したのだから地獄に堕ちるべし〟。なお、民法第七〇九条では「故意」も「過失」も共に帰責されるから「故意責任の帰責原理を特に強調する理由に乏しい」とするが（潮見・前掲注（13）五頁）、共に帰責されるが、その原理が異なると云うだけで「特に強調する」のではない。次いで、行為の客観的無価値評価は「行為の外形」のみであり、それを行為者に帰責するのに「意思」を根拠とするのは有益である（説得の論理として）。さらに「意思」の対象が多義的と批判するが、民法第七〇九条の規定上、「故意（意思）」の対象は〝法益侵害〟であることは明白である（「故意」によって法益を侵害した者）。もっとも、具体的行為者が損害惹起をも認容していたとしても何ら支障はない。ところで「意思」の対象は、このように「責任を負担する」ことを対象としていないから「帰責原理」たり得ないとする主張もある（窪田・前掲注（8）四三頁）。しかし、法における「意思行為」の意思が常に法的効果に向けられている必要のないことは周知のところである。例えば、他人の動産の加工者には、所有権取得の意思があろうがなかろうが、彼に所有権が帰属することがある（民法第二四六条）のと、〝法益侵害はお前の所産であるから、その償い（賠償）をしなければならない〟（民法第七〇九条）と云うのとは同様である。このような説得の理論は、単に〝お前の行為は違法だから償いをせよ〟と云うだけより強固である。

（18）「信頼責任」から「法義務」が発生するのではなく、「社会的接触」を原因として「法義務」が設定され、それによって「信頼」が発生し、それが破られることによって「信頼責任」が発生するのである（前田達明『不法行為帰責論』（一九七八年、創文社）一八五頁、同『民法Ⅵ$_2$（不法行為法）』（一九八六年、青林書院）四五頁）。

（19）表見代理における「信頼」との対比で〝代理権があるかのような外形が作出された〟と云う要件が必要であるが（窪田・前掲注（8）四八頁）、不法行為法においては、正に〝共同生活に登場したこと〟（例えば、〝自動車運転者として公道に出た〟）が、それに該当する。それ故に客観的行為義務を負わなければならないのである。さらに不法行為制度自体は、たしかに直接的には法益自体を保護するものである（潮見・前掲注（13）五頁）。そして、それが、いわば〝保険〟の役割を担って、間接的に「信頼」そのものが保護されるのである。

（20）淡路剛久ほか「これからの民法学」［座談会］ジュリ六五五号（一九七八年）一一二頁（前田達明）、加賀山茂『民法条文一〇〇選』（二〇一七年、信山社）一九六頁。

（書斎の窓六五三号二〇一七年九月）

第三部　徒然の草々

腰折れ撰

そもそも俳句とは何か。いうまでもなく和歌の〝上の句〟である。和歌すなわち〝大和歌〟であるから、元来、声を出して歌うことを想定している。だから俳句の五七五も字数ではなく、詠うときの〝調子の良さ〟が大切であろう。もっとも、〝字余り〟〝字足らず〟(「破調」)は勿論、無季の句も多い。それは俳人の多くが〝自由人〟であり、自己が良いとすれば「秀句」であり、それについて他人も共感できれば、その詠み人は天才である。しかし「凡才」のものとしては、そうはいかないわけである。

(春) 釈迦誕生

南無阿弥陀仏

阿弥陀仏

(想い) 四月八日生れの者としては、有り難い限りである。釈尊の俗名の悉達多から一字いただいた。
なお、「三段切れ」は〝ダメ〟という人がいる。しかしそれは、おかしい。五七五の基本さえ無視する、「破調」の方が〝罪深い〟。

（春）春七日
　花の命と
　　人の身は
（想い）桜の花もせいぜい七日、後期高齢者になって省みると、あっという間であった。正に〝邯鄲の夢〟。だから日本人は桜が好きなのだろう。ところで、この下五はどこかで聞いたような？　そうか、宝井其角。

（春）平成も
　平成でなく
　　終わりけり
（想い）この三十年余、余りにも多くの人災、天災のあったことか。

（春）鴨親子
　隊列成して
　　御菩薩池
（想い）我家に迷い込んだ鴨の親子が、警察官に誘導されて、近くの深泥池へ無事帰ていった。

（夏）風爽や
太田の社
杜若
（想い）爽やかな五月の風に太田神社の杜若が揺れている。梅雨前の晴天。

（夏）初孫の
浴衣姿や
宵山に
（想い）もう成年になった初孫が浴衣を着て宵山に出掛けて行った。デートかな？

（夏）送り火も
窓から「妙」のみ
祈る盆
（想い）これまで街中へ出て五山に祈ったが、年老いて、今年は自宅の窓から唯一拝める「妙法」の「妙」の字のみ拝んだ。

（夏）喜寿過ぎて
想い出の芙蓉
今も咲く

（想い）小学生の頃、母が庭に植えた扶蓉が移植した寺の片隅で今年も咲いている。小学生、中学生の夏休みの宿題で、常に写生して提出していたのを想い出す。

（夏）ＧＡＦＡなく
　それでも生きる
　　かたつむり
　　（想い）グーグル、アップル、フェイスブック、アマゾンなんか無くても生きているさ。独り殻に閉じ籠って。

（秋）鬼平と
　梅安と飲む
　　菊の酒
　　（想い）吉右衛門の「鬼平」さんと渡辺謙の「梅安」さんと三人で菊酒を交わす。池波ファンの夢。

（秋）柿の実に
　紅葉銀杏
　　秋探し
　　（想い）庭の柿の木にいささか実が成り、紅葉も色付き、お隣の銀杏も実がたわわになっている。

（秋）秋深し
　バッハ無伴奏
　チェロ・ソナタ
（想い）カザルス、フルニエ、ロストロポービッチ、マイスキー、と聴き比べて秋の夜長を過ごせるのは至福。

（秋）秋深し
　蘖の稲
　輾転と。
（想い）近くの田んぼで稲刈りが終わった直後に、もう孫生の穂が出ている。生命の強さを見る。ところで、季語とは何か。五七五の短い句に大きな想いを盛り込むのに、季節の約束語を予め決めておくのは便利なことであろう。たしかに、〝ひこばえ〟は新しい生命の再生であるから「春」の季語に相応しいであろう。しかし、稲刈りの後の〝ヒコバエ〟もあるのだから「春」のみに限るのでは〝しゃくし定規〟であろう。

（秋）仏前に
　萩供養して
　祖母想う

（想い）勝気な祖母は、何もいわなかったが、萩を手折ろうとしても見当が外れて、
困っていた。それで気付いて白内障と解り手術をした。

（秋）風吹いて
洗濯ものに
秋の風

（想い）虚子の写生句の〝まね〟をしたのだが……。

（秋）落柿舎に
来たりて記帳
済ませ去る

（想い）言葉遊びも偶には許されるだろう。

（冬）梵天と
招きの上る
師走かな

（想い）京の冬の風物詩。そして、妙に華やぐ

（冬）顔見世に
行きもせで謂う
したり顔

（想い）〝いい役者がいなくなりましたねえ〟と菊吉爺。

（冬）釈迦成道
臘八接心
小豆粥

（想い）昔、司法修習生だった頃、検察修習において、吉永透検事の御配慮で建仁寺に参禅させていただいた。どこの検察修習でも〝文化映画会〟はあったであろうが、座禅による修養は何処にもなかったのであろう。朝食に小豆粥をいただいた。給仕の僧が「今日は、特別に小豆粥を出させていただきました」とのこと。誠に美味しく、その味は今も憶えている。

（冬）木枯らしに
震える烏
誰を呼ぶ

（想い）寒風に震えるような声で〝カー〟と鳴く。山の七つの子を呼ぶか。

（冬）木枯らしに
いやいやをする
紅葉かな

（想い）吹き飛ばされそうになりながら、一心に枝にしがみついている姿。誰かに似ている。

（冬）煩悩の
　消えもせで聴く
　　百八つ
（想い）年老いても「欲」だけは消えない悲しさ。

（冬）年老いて
　去年も今年も
　　変わりなく
（想い）それが一番いいのであろう。

（冬）めでたさも
　測り兼ねたる
　　齢かな
（想い）一休禅師の言葉通り。

（冬）初詣で
　願うあれこれ
　　多かりき
（想い）年老いても厚顔しさは変わらない。少々の賽銭で。

（冬）寒風に
　少年剣士ら
　　駆け抜ける
（想い）胴着と袴を付けた少年達が寒風を突いて駆けていく。後に若さと熱気を残して。

（冬）厚着して
　手足の寒さ
　　身にしみる
（想い）冬になっても厚着をすれば何とか過ごせたのに、年老いると手足が相変わらず冷たく感じる。血行が悪くなったのだろう。

（冬）初雪や
　都の戯け
　　喜ばず
（想い）初雪も、老人には寒いばかりで、第一、外出もままならず買物に難渋する。一茶さん！　喜んでいませんよ！

（無）認知症
　テストを受ける

更新時（想い）運転免許更新時には、七五歳を越すと、後期高齢者テストと称して、ペーパーテストと実技テストを受けさせられた。

雨　その一　――芥川龍之介へのオマージュ

色褪せた烏帽子も、薄汚れた水干も、ずぶ濡れである。男は、あてもなく、楼門の下に雨宿りしていた。主君道真公が大宰府に流されて早一年、御末の雑色だった男など、到底、お供は叶わず、屋敷を去るとき貰った幾許かの銭も、とうに使い果たした。これから、どうして生きていこうか。と、その時、楼門の階段から、一人の老婆が箱を抱えて降りてきた。

男の鋭い眼は箱を見た。素早く駆け寄って、奪った。開けて見ると、無数の髪の毛が入っていた。

「こんなものを、どうしたんだ」。老婆に問うた。「屍骸から引っこ抜いたのさ」。

「こんなものを、どうするんだ」。「髪文字売りのところへ持って行ったら、幾らかの銭になる」。

男は箱を抱いて闇の中に走り去った。

雨　その二 ——大岡昇平へのオマージュ

大粒の水滴が、男の体を叩いた。男は目を開いた。体を起こそうとしたが動かない。手を動かそうとしたが動かない。足を動かそうとしたが動かない。

男は思い出した。昼飯を喰おうと兵舎に集まった時、B29が飛来して、爆弾を落として行った。兵舎諸共、全員が吹き飛ばされた。男も宙に飛ばされ、大地に叩き付けられた。

あれから、もう、どれ位、時間が経ったのだろうか。先程、スコールを降らせた黒雲は東の空に遠ざかり、太陽の光が、ブーゲンビリアの葉影から、男の顔を照らしていた。

と、その時、
一匹の色鮮やかな蝶が男の頭の上に舞った。

男は憶い出した。幼い頃、故郷の山野を駆け回り、疲れ果てて、野原に、大の字になって寝そべっていたとき、頭の上に一匹の白い蝶が舞ったのを。

男の口元に笑みが漏れた。

次の瞬間、
男の意識は消え去って行ってしまった。

一九四×年×月×日の昼下がり、
南太平洋のある小島での出来事であった。

初恋　——島崎藤村へのオマージュ

水蜜桃のような頬、
そっと、頬擦りしたかった。
でも、思いっ切り、引っ叩いてやったんだ。

黒葡萄のような瞳、
にっこり微笑みかけたかった。
でも、赤んべーをしてやったんだ。

桜んぼのような口唇、
そっと、口付けしたかった。

でも、思いっ切り、土まんじゅうを打つ付けてやったんだ。
そんな時、真珠のような涙が溢れたっけ。

矢車草の浴衣を着て、
赤い鼻緒の塗り下駄を履いて、
戸口から覗き込んでいた。
出て行ったら、
チャッと身を翻して逃げて行った。
追い掛けて行ったら、
表通りのトラックの荷台に、
家財道具と一緒に、チョコンと座っていた。
声をかけようとしたら、
砂煙りを上げて走り去って行ってしまった。

かっと照り付ける太陽の中に、
真っ赤なカンナの花が燃え上がっていた。

第四部　信仰の折々

『宗祖の皮髄』を読んで

『光明』（平成二十三年七月号）誌上に次のような記事があった。

大正五年（一九一六年）六月に、浄土宗総本山知恩院において、浄土宗僧侶に対する「高等講習会」が催され、弁栄上人が講師に選出された。上人様が亡くなられる四年前の事である。当時、上人は浄土宗門において異端とされ、講師選出に反対する者が多く抗議運動が起ったが、とにかく聞いた上で批判すればよいということで、上人の講演が始まった。これが「大正の大原談義」である。結果、上人の講演のあまりの素晴らしさから、本にしようということになり、反対の先頭に立っていた知恩院法教科長の井上（漆間）徳上師が「随喜溢るる跋文」を書いた、と。その本が『宗祖の皮髄』である。そこで、本部聖堂にお願いして御送付いただき、早速、拝読した。「光明」と同じ大きさで本文一一七頁の小冊子であるが、予想通り、そこには上人の精神の高揚が、ひしひしと感じ取れた。それは、上人も多くの反対派のいることを十分に意識しておられたからであろう。

まず、題名の付け方からして、それが察知し得る。それは、ダルマ大師の故事にならった「皮髄」という言葉である（本書四頁）。「皮髄」とは「皮肉骨髄」のことで、結局は「全て」ということである。したがって、本書の題名は、簡単にいえば「法然上人の全て」ということになる。

さらに、全ての漢字にルビが付してあるとはいえ、難解な漢語の仏教用語の連続からも上人の精神の高揚が知れる。宗教学者でない私などには難渋を極める。しかし、それでは、いかに仏教僧相手の講演とはいえ、聴衆はついてこれない。そのことは、上人も十分に御承知である。そこで上人は、法然上人御作の和歌（道詠）十首をテーマ（主題）として話を進められる。むつかしい漢語よりも我々日本人の心に〝ストン〟と入る「大和ことば」をもって説かれる、ということは見事という他はない。

そして、その十首の中で最も重要なのは、次の二首である。

我は唯仏にいつかあふひ草
　　心の妻にかけぬ日ぞなき
かり初の色のゆかりの恋にだに
　　逢ふには身をも惜みやはする

その意味するところは、弥陀（オヤ様。余談ながら、故杉田善孝上人が丸い眼鏡の奥に目を細め口に微笑を浮かべて「オヤ様」と穏やかに語りかけておられたのを懐かしく憶い出される）は子たる我々凡夫を大慈愛をもって救おうとされ、子たる我々凡夫は親なる弥陀を愛慕して「南無阿弥陀仏（オヤ様）！」と叫んで弥陀の胸中へ飛び込んでいく（本書四七頁。ここで聖書を引用される）、すなわち弥陀と我とが合一する、これこそが三昧である、とされ（本書七〇頁）、それは正に燦々と降り注ぐ太陽の光の中に生かされるのと同様である（本書九八頁）、と説かれる。

読了して、この本こそ光明主義の真髄を説くものであると感じた。

念仏者の皆様におかれては、是非『宗祖の皮髄』をお読みになることをお願いしたい。むつかしいところは飛ばして、とにかく最後まで読了されれば、必ずや御理解されることと確信する。

そして、もし、この拙い文が、いささかでもお役に立てれば（前田の理解は間違っているという御批判も含めて）、望外の幸せである。

合掌

（光明二〇一一年一月）

仏教の教え

仏教は〝伝言ゲーム〟であるという人がいる（植木雅俊『仏教、本当の教え』中公新書）。たしかに、二五〇〇年前に、日本から五〇〇〇キロ離れたインドにおいて、釈尊が教えを説かれて、それが中国を、朝鮮を、経て、一五〇〇年前に日本に伝わった。その間には、無意識に、あるいは意識的に〝誤解〟が生じたことは否定できない。それは〝伝言ゲーム〟の宿命である。例えば、インド語の〝シッダーンタ〟という言葉は〝確立された結論（真理）〟という意味であるが、それが中国では〝悉檀〟と音写され、〝あまねく衆生に施すこと〟と意訳された。さらに、日本では「涅槃経」の「備施等衆生行成」の一節を、親鸞上人は「つぶさに等しく衆生に行を施したまえるなり」と訳されたが、正しくは〝布施などの衆生の行いを備えているのだ〟と訳すべきである。

さらに、これは、語学的な問題に止まらない。釈尊は男女平等を教えていた。しかし、中国へ伝わったとき、男尊女卑の儒教倫理を重んじる中国では、女性を重視する個所が翻訳改変された（この点、日本でもその傾向がみられる)。
もっとも、よく考えてみると、人類の文化文明は全て〝伝言ゲーム〟である。例えば、古代ギリシャ時代に、既に〝元素〟という考え方があり、それが現代の自然科学の中核となっている。また、私が長年研究している法学もローマ帝国の法を、十二・十三世紀にヨーロッパが受け入れ、それを明治維新後、日本が、欧米から輸入したのである。

これらの〝伝言ゲーム〟において、〝改変〟が行なわれるのは当然であり、そうしなければ、その時、その場所において通用しない。仏教もしかりであって、釈尊は二五〇〇年前のインドにおいて、法然上人は鎌倉時代の日本において、弁栄聖者は現代の日本において、仏典をはじめ多くの先人の書を知見し、眼前に苦しむ人々を救う方法を説かれたのであるから、違いがあって当然である。

しかし、宗教が人の心を救済するものであるとすれば、釈尊の教えも法然上人の教えも弁栄聖者の教えも、価値的にはなんら差はなく、全て尊い。

さらに一歩進めて考えると、我々凡人と違い、釈尊や法然上人や弁栄聖者のような〝覚者〟は、時や所や知見に限度があったとしても、そこから人間の普遍的な苦しみの本質とその救済を悟って、説いて下さっている人ではないだろうか。すなわち、現在、原始仏教が見直され、また法然上人の「一枚起請文」を今、読んでも深い感動を憶え、また弁栄聖者の「宗祖の皮髄」を今、読んでも深い感銘を受けるのが、その証拠といえよう。

合掌

（光明二〇一二年一月）

杉田善孝上人への「信」

弁栄聖者にも、笹本上人にも、当然お眼にかかったことはない。お二人のお考えは、その御著書を通じてしか知り得ない。だが、凡人、否凡人以下の私にとっては、お二人の御著書は難解で殆ど理解できない。さすれば、救われないのであろうか。

釈迦が説かれたという「中道」すなわち「八正道」（正見・正思・正語・正業・正命・正精進・正念・正定）を守るということも、私にとっては、仲々むつかしいことである。さすれば救われないのであろうか。

そのような苦悶のとき、常に現われて下さるのが、あの柔和な杉田善孝上人のお姿である。「心配することはありませんよ。共にお念仏を唱えて三昧に入らせていただき、共に救われましょう」といって下さっているあの温和な御尊顔である。正に、この杉田善孝上人への「信」こそ、私の信仰の根源なのである。

それは丁度、親鸞上人が「念仏が極楽行きの方法か、地獄行きの方法か、私は知らない！ ただ、法然上人が極楽行きの方法だとおっしゃるので、それを信じているだけだ。そして、もし、法然上人にだまされて、それが地獄行きの方法であったとしても、決して恨みに思わない。なぜなら、私のような悪人ははじめから地獄行きと決定されているのだから〝ダメモト〟なのである」とおっしゃっているのと同様である。

合掌

（光明二〇一二年一月）

光明について

日本で一番有名な仏様は、といえば、それは奈良の〝大仏ッァン〟でしょう。今は、黒光りしたお姿ですが、創建当時は金色に光り輝いていたそうです。その証拠に台座の蓮弁の所々に金が残っているそうです。これは、無量寿経や観無量寿経に仏様は光り輝いておられると書いてあることに由来するのだそうです。だから大仏様に限らず仏像仏画は皆金色で現わされています。

キリスト教の聖典の「旧約聖書」の冒頭は、御存知のように「創世紀」です。その「創世紀」の冒頭に「神がいわれた。『光あれ』こうして、光があった」（創世紀一章三節）。

光るものの代表例は、太陽（日本神道の大神）であり、火（拝火教）でしょう。なぜ人間は太陽や火を崇めるのでしょうか。理由は簡単で、太陽や火は我々に多大の恩恵を与えてくれているからでしょう。昔々、人間は昼間は太陽の光で猛獣の所在を知って、夜の火の光で、その所在を知って身を守ることができ、また猛獣達は火を恐れるので余計に有難かったでしょう。さらに光と火の御蔭で人類はすごい文化と文明を築き上げてきました。それを象徴する話がギリシャ神話にあります。ギリシャ神のプロメテウスが神の世界から火を盗んで人間に与えました。主神ゼウスが怒ってプロメテウスを罰しました。

それほど火は大切なものだったというわけです。したがって、光と火は創造主たる「親様」の大慈悲の象徴といえるでしょう。だから我々が、日夜、南無阿弥陀仏と唱えるのはこの親様の大慈悲への感謝と更なる大慈悲を乞い願う祈りであると考えます。

合掌

（光明二〇一四年一月）

「正語」について

お釈迦様が、お教え下さった「八正道」という徳目がある。すなわち、「正見」（正しい見解）、「正思」（正しい思考）、「正業」（正しい行い）、「正命」（正しい生活）、「正精進」（正しい努力）、「正念」（正しい念願）、「正定」（正しい精神統一）、「そして「正語」すなわち「正しい言葉」＝〝うそをつかない〟である。実は、いずれも、凡夫にとっては難しいことである。

特に、「正語」は日常生活では、〝うそも方便〟などといって、殆ど守られていない。近時のテレビ、ラジオ、新聞などの報道を耳に目にすれば、政治家をはじめ全ての人々が〝うそ〟を何とも思わず、〝バレ〟てもともと！　と考えていることが解る。実は報道機関自身も〝特ダネ〟欲しさに〝うそ〟の報道をする。業を煮やした中央教育審議会が、近頃、道徳教科で「信義・公正・正直」を教えよ、と答申した。

実は、〝うそをつくな〟という徳目は、仏教だけでなく、ユダヤ教、キリスト教、イスラム教の徳目である。モーセの十戒にも〝うそをついてはいけない〟と書いてあるし、儒教の聖典「論語」にも「子以四教（子、四つを以て教う）。文《ぶん》・行《こう》・忠・信とある。すなわち、孔子様は古典の講義、徳の実践、誠実、そして〝他人を欺かない信義のまこと〟を教えたのである。「信」という文字は「人」と「口」と「辛」から成り〝発言にうそがあれば入墨刑を受けることを誓う〟様子を示したものであると聞く。確かに、〝うそ〟をつくと、一時は良いこともあろうが、長い目で見れば、〝うそ〟は社会全体にとって有害なことであるということに気付いた人類の英知によって、洋の古今東西を問わず〝うそをついてはいけない〟ということが、最大の徳目の一つとなったのであろう。

もっとも、「論語」によれば、「子曰。吾未見好徳如好色者也（子曰《しいわ》く。吾《われ》は未《いま》だ徳《とく》を好《この》むこと、色《いろ》を好《この》むが如《ごと》き者《もの》を見《み》ざるなり）」と書かれている。心したいものである。

（光明二〇一五年一月）

三身即一について

大乗仏教では、「法身」（宇宙の真理、仏性）、「応身」（仏性が形となって現れた姿。釈迦）、「報身」（仏性のもつ働き）という「三身」について語ります。弁栄聖者も笹本上人も述べられています。ところで、キリスト教では、「三位一体」ということが説かれています。「父」（神）と「子」（神の具体化としてのキリスト）と「聖霊」（神の働き）が一体であるというのです。三身即一に大変よく似ていますが、キリスト者故手島郁郎氏は〝我々東洋人には「三身即一」の方がしっくりする〟と言っておられます（『生命の光』七五一号二〇一五年七月号六頁）。さらに、聖書では〝キリストが光である〟とも書いてあります（ヨハネ８：12）。（ところで、田川建三訳著『新約聖書』（作品社）は、これまでの日本語訳の誤りを徹底的に正して、我々仏教徒にとっても必読の聖書と考えます）。

絶対者を「光」にたとえることは以前にも書かせていただきましたが、この三身即一と三位一体の類似は大変興味深いものです。歴史的には前者は五世紀頃にインドで、後者は四世紀迄に地中海地方で確立したといわれています。

ところで、キリストの十二使徒の一人トマス（ヨハネ20：24）は伝道に赴いたインドで死去したといわれています。既に一世紀にキリスト教がインドに伝わっていたとすれば、五世紀までには、しばしば両者の間で知識の交換があったと考えるのが妥当ではないでしょうか。素人の私が、このように思うのですから、専門家の間では優れた比較宗教学の研究があるのではないでしょうか。

合掌

（光明二〇一五年一一・一二月）

風神雷神

去年、琳派四百年記念ということで、京都国立博物館において、俵屋宗達の風神雷神図屏風、そして、それを模写したといわれる尾形光琳の屏風、それをまた模写したといわれる酒井抱一の屏風が七十五年ぶりに一堂に会した。右隻には緑色の風神、左隻には白色の雷神が描かれている。

実は、これは釈尊の脇侍である緑色の獅子に乗った文殊菩薩と白い象に乗った普賢菩薩を表したもので、両者の間の空白に釈尊がおられるという見立てなのだそうである。たしかに「法華経」の「普賢菩薩勧発品」に普賢菩薩が六牙の白象に乗って仏道修行者を守護すると書いてある。しかし、文殊菩薩については「陀羅尼集経《だらにじつきよう》」に獅子に乗っておられるとは書いてあるが、色については記述がない。これについてはヒンドゥ経が緑を聖なる色としていることの影響であるといわれている。なるほど歴史的には仏教はヒンドゥ経の神々を受け入れてきたといえるが、このことは逆であろう。すなわち、永遠の絶対者である〝親様〟がヒンドゥ教の教えが理解しやすい人々にはヒンドゥ教の神々として現れておられる。正に「応身」であるということであろう。

このように考えれば、宗教対立などということ（近時も、そのために多くの人々が殺害されている）は、誠に〝おろかしい〟ことではないか。

合掌

（光明二〇一六年一日）

神仏習合と神仏分離

聖武天皇が東大寺を建てようとされた時、大変悩まされたそうです。というのは、天照大神の子孫である自分が仏教のお寺を建ててよいのであろうか、ということでした。そこで、伊勢神宮に参拝されたところ、一人の童子が夢枕に立って、お告げをしました。すなわち、天照大神は「太陽」

である。仏教の大日如来（ビルシャナ仏）も同じく「太陽」である。したがって、「ビルシャナ仏」のお寺を建てなさい、と。そこで、聖武天皇は安心して大仏様（ビルシャナ仏）の東大寺をお建てになったのです。

これが、神仏習合のはじまりです。もっとも、その実体はお寺が神社を支配するというものでした。すなわち、神社の境内に寺の堂塔を建てて、その僧（社僧）が神主達を支配しました。何故このようになったかといえば、最澄、空海、栄西、道元をはじめ、仏教僧の多くが中国に留学し、単に仏教だけでなく、当時、世界最高水準にあった中国文化、文明をも輸入しました。それは国家体制、技術、医学、文明をも輸入しました。それは国家体制、技術、医学、薬学など、国家にとって誠に有益なもので、自然と国家は仏教を大切にし、寺には広大な領地（寺領）を与えて保護したわけです。

この状態は約千年続きました。これが崩壊したのは明治維新後、明治政府の「神仏分離令」によります。これは神社境内の堂塔を除去し、社僧は還俗せよ、寺の神具を除去せよ、というものでした。それは万世一系の天皇を中心とした大日本帝国を建設し、神道を国家の精神的支柱にしようということと、寺領を取り上げて、国家の財源にしようとしたのです。しかし、この「命令」は政府も想定しなかったような騒動に発展しました。それが、民衆の間に起こった「廃仏毀釈運動」です。ほぼ全国の一般民衆が多くのお寺を毀《こわ》し、仏像を焼いたと言われています。

その理由はこうです。江戸時代、「寺請制度」があって、国民は全ていずれかのお寺の檀家（キリスト教禁止）にならねばならず、縁組、就職、移住、旅行のとき、先ずお寺から檀家であることを証明する証文をもらわなければならず（寺請証文）、お寺は信仰の場というよりも、区役所や旅券事務所として、幕藩体制における出先機関として民衆を支配し、僧は下役人だったのです。

そして、お寺の維持管理、僧の生活費、本山への上納金など全て檀家の負担で、民衆としては大いにお寺に対して不満を抱いていました。それが、この「命令」によって「解放された！」と爆発したのです。

これは国家と宗教が結び付いた悲劇というべきでしょう。したがって、真の信仰とは我々個々人と仏様との強い〝絆〟、すなわち親様と我々個々人との「南無阿弥陀仏」という強い〝絆〟によって、親様から「安心」を頂戴するというのが光明主義の本質であると考えます。

合掌

（光明二〇一七年一月）

お経の読み方

念仏者にとって、大切なお経は浄土三部経、すなわち「観無量寿経」「無量寿経」「阿弥陀経」である。もっとも法然上人は「観無量寿経」を、親鸞上人は「無量寿経」を、一遍上人は「阿弥陀経」を、最も大切なお経とされたそうである。

考えてみれば、これは当然のことで、お経に限らず、書かれた物、否、書かれた物に限らず、〝言葉〟というものは単に発言者の意思の伝達手段に止まらず、受信者の受け取り方によって、多様な内容を持つものである。

例えば、谷崎潤一郎が、円地文子が、瀬戸内寂聴が「源氏物語」の訳を出しているが、それぞれ大いに異なる。それは各人が「源氏物語」に仮託して自己の思想を表現しているからである。

しかし、国文学者の研究となると別である。彼らは「源氏物語」のこの文章をもって紫式部が読者に何を伝えようとしたのかを研究し訳をするのが使命である。

仏典についても同様である。

宗教家（先の三人の上人も巨大な宗教家）は、その仏典から何を得るかは、各人の全人格の発露である。いわば仏典に自己の思想を仮託しているのである。

しかし、仏教学者は別である。彼らは、この仏典の作者は読者に何を伝えようとしたのかを忠実に研究すべきなのである。したがって、彼らは、パーリー語やサンスクリット語の原典から研究し、仏典の元々の姿を探求するのである。

さて、我々凡夫の一仏教者は、どうあるべきか。勿論、中村元先生の注釈を読むのも良いであろう。知的欲求が満たされて幸福な気分になる。しかし、その本質は、やはり巨大な上人の思想に導かれて〝安心〟を得ることが肝要であると考える。

（光明二〇一八年一月）

キリスト教と仏教

昔、学生時代に、猪木正道先生から、「『ヨハネの黙示録』と『共産党宣言』は酷似しているから、合わせて読みなさい」と教えられた。当時、両者を読んで、共に〝見果てぬ夢物語〟の書であると考えていた。しかし、近時、再度、読み返してみて、次のように悟った。

それは、前書は〝古代資本主義社会〟における被搾取者の〝闘争〟の書であり、後者は〝近代（現代）資本主義社会〟における被搾取者の〝闘争〟の書である、と。

現に、マルクスの『資本論』には前書が引用されている。考えてみれば、キリスト教は〝闘争の宗教〟である。『旧約聖書』は抑圧されたユダヤ民族の闘争の歴史を描き、『新約聖書』は、イエス自身の教え（愛の宗教）とは異なり、ユダヤ教との闘争を描いている。

その後のキリスト教の歴史は、世界に向かって、現代に至るまで闘争を繰り広げてきた。

では、仏教はどうか。それは私が申し上げるまでもなく、皆様も御存知のように、〝和の宗教〟

である。それも人間のみならず、生きとし生きる物すべての「和」の宗教なのである。　合掌

（光明二〇一九年一月）

（後記）「ミャンマーの仏教徒は国家権力と闘争していますよ」と御批判いただいた。「ミャンマーの仏教は上座部仏教で私の仏教は大衆仏教で違うんです」というのが私の答えです。答えになっているかどうか。

著者紹介
前田達明（まえだ　たつあき）
〔略　歴〕
1940年　京都市に生まれる。
1964年　京都大学法学部卒業。
1978年　京都大学教授。
現　在　京都大学名誉教授、京都大学法学博士。
〔主要著書〕
不法行為帰責論（1978年、創文社）
判例不法行為法（1978年、青林書院新社）
民法Ⅵ$_2$（不法行為法）（1980年、青林書院）
不法行為法理論の展開〔民法研究第一巻〕（1984年、成文堂）
愛と家庭と（1985年、成文堂）
口述債権総論（1987年、第３版1993年、成文堂）
民法随筆（1989年、成文堂）
史料民法典（編著、2004年、成文堂）
民法の“なぜ”がわかる（2005年、有斐閣）
風紋の日々（2010年、成文堂）
民法学の展開〔民法研究第二巻〕（2012年、成文堂）
続・民法学の展開〔民法研究第三巻〕（2017年、成文堂）
〔現住所〕
〒606-0845　京都市左京区下鴨南茶ノ木町15の１

続・風紋の日々

2019年12月20日　第１刷発行

著　者　前　田　達　明
発行者　阿　部　成　一

〒162-0041　東京都新宿区早稲田鶴巻町514番地
発行所　株式会社　成　文　堂
電話 03(3203)9201(代)　FAX 03(3203)9206

製版・印刷　シナノ印刷　　製本　弘伸製本

ISBN978-4-7923-7110-4　C1095

定価（本体2500円＋税）